愛的綿延

朱嘉雯 主編

我的父親母親及家族故事

目次

【推薦序】

在花蓮的山風海雨中

李瑞騰

嘉雯告訴我她正在編這本書的時候，我想到齊邦媛的《巨流河》（臺北：天下文化，2009）和龍應台的《大江大海一九四九》（臺北：天下雜誌，2009）。齊老師從故鄉東北的遼河寫到臺灣最南端恆春的啞口海，串連她的一生，彰顯了現代中國的滄桑巨變；龍部長聚焦一九四九的斷裂，用史料、訪談和實地踏查，以其流暢易感的語言，織綴而成血淚交織的長篇史詩。

我也想起嘉雯當年在中央大學的博士論文《亂離中的自由——五四自由傳統與臺灣女性渡海書寫》（2002），論述了蘇雪林、謝冰瑩、沉櫻、孟瑤、張秀亞、聶華苓等等，在她們渡海書寫的眾多文本中，一整個時代的亂離，何等慘痛啊！其後加入胡品清，編成《追尋，漂泊的靈魂——女作家的離散文學》（臺北：秀威資訊，2009）正式出版。

是的，就是「離散」（diaspora）這個詞彙，意即從「故鄉」或「祖國」遷移他處而生，其內涵則包括為何（原因）、如何（方式、過程）、結局和影響等。晚清以降，華人之赴東洋、西洋、南洋，絡繹不絕。而最大規模的遷徙，當是一九四九的歷史變局，烽火連天，離或留，恐非主觀意願所能抉擇，背後有大驅力，花果自飄零，場面悲壯，哀聲動人心魄；從大江南北遷來金門、馬祖、澎湖、臺灣，然後在島與島間流轉；到了臺灣，也還在遷東移西、走南闖北……

有多少人可以像齊邦媛老師那樣，用筆寫下自己如此顛沛流離的生命史；或者像一位河南籍的素人作家蕭曼青，晚年掏挖記憶，一字一句含淚寫下《像我這樣的母親》（臺北：健行文化，一九九六）。我想，許多人都是歷經磨難，寂寥以終；幸運的也許可能落地生根，開枝散葉，一園花團錦簇，但也不無恨憾啊，思親、懷鄉、傷社稷，哪一樣不是錐心泣血？龍應台的大江大海是從〈美君離家〉開始寫起的，美君是她的母親，所以說，她是從自己的上一代著手敘寫，再拉出一整代人之哭喊「骨肉流離道路中」（白居易〈望月有感〉）。但是，臺灣只有一個龍應台，而我們有非常多外省第二代啊！

花蓮的東華大學在趙涵捷校長的領軍下，展開一個大陸遷臺二代的家族書寫，寫的主要是上一代的離散經驗，由於撰稿者皆在臺出生，所以有些經驗當然是間接的，其來源不外乎：其一，成長過程中聽長輩所言；其二，從族譜或相關文獻蒐集而來；其三，為了參與此次寫作計畫而進行的訪談，而受訪者通常是父母親和他們的同儕。

我們怎樣看待這個寫作計畫及其成果？大學是一個開放多元的知識社群，有嚴格的聘任、升等、獎勵、離退等制度，其成員肯定來自四面八方，不同的性別、籍貫、族群、知識背景等，因緣聚合，一般來說，同事「哪裡人」，我們都不太關心，但可以肯定地說，我們身邊，大陸來臺第二代，甚至第三代，很多，都是臺灣人，但無可諱言，上一代的離散經驗已內化成生命的一部分，溯源、尋根，成了此生的課題，如一場莊嚴的儀式，去了、回了，上一代朝思暮想的家鄉成了祖地，而下一代已在花蓮的山風海雨中，安身立命。

細數本書作者上一代的家鄉，從北而南，天津、江西的南昌和贛州、河南的滑縣、安徽的舒城、無為和黃山、浙江的杭州、福建的漳州和南平、廣東的興寧等，而今，顛簸的歲月已經遙遠，渡海的奮鬥和婚配，終成綿延不盡的愛：愛家、愛校、愛自己一生專攻的術業和莘莘學子。

（本文作者現為國立中央大學人文研究中心主任、中文系兼任教授）

【推薦序】

不容青史盡成灰

洪蘭

東華大學趙涵捷節校長囑我為其同仁所著的家族史寫序，我不敢不答應，因為自從張作錦先生的大作《今文觀止》出版後，我才發現，中國竟然有這麼多的近代史人物淹沒在戰爭的洪流中，他們的事蹟不該被遺忘。他們在抗日戰爭和國共內戰中，經歷了家破人亡，顛沛流離，九死一生的來到臺灣後，重振了家業，使子姪後輩在各行各業中繼續為國家貢獻，這些可歌可泣的事蹟是應該要留下紀錄，讓子孫們緬懷瞻仰的。

我們的傳統文化很重視名，「人死留名，虎死留皮」，先人的名聲要傳世，更何況古人所謂的孝，第一是光耀門楣，在以前，功勳的母親會被封誥命夫人，父親即使過世了，仍可被追封為「公」。因此，中國父母最常教訓孩子的話便是「不可丟家門的臉」，我們每年過年祭祖就是要讓孩子知道祖輩是誰，自己是從哪裡來的。

為什麼名字或從哪裡來的很重要？有個猶太教授說，姓名在猶太教傳統中非常重要，以色列猶太屠殺紀念中心的「Yad Vashem」就是希伯來文的「紀念碑與姓名」，這個字來自聖經，意思是即使沒有生育後代，他們的名字也可以繼續活著，成為永久的記憶。他說上帝對仇敵最嚴重的咒便是毀滅他的名字，如果讓一個人的名字被遺忘就是讓一個人的名字被逐出社群不存在了。看到本書中每位作者都努力地去追憶他先人的事蹟就很感嘆那些為了幾口鮭魚就去改名字的年輕人，「大丈夫行不更名坐不改姓」，這是古訓，怎可隨隨便便為省一點錢拋棄父母給的名字，忘記自己的來歷？

至於我們為什麼對父母那一輩的事情知之甚少？因為當時政局不安，臺灣還在風雨飄搖的時候，大人們不敢隨便說話，生怕隔牆有耳，更怕孩子無知，將一些當年為生存所做的不得已之事，如更改身分年齡甚至冒用別人的身分證，不知輕重地說出口，惹禍上身。所以我們對父母的那一段生活可以說是空白。「顛沛流離」對幸運生在臺灣的我們是個形容詞，對逃過難的他們卻是親身體驗，現在多少年輕人認為他們現在所享受的一切是理所當然，是我們欠他的，他們不知道臺灣現在的繁榮安定是幾十年來大家戒慎恐懼，宵禁戒嚴的結果。就如張作錦先生所說的「不容青史盡成灰」，現在局勢穩了，兩岸已經通了，有些事應該讓下一代的人知道了，因此這本書的出版對這些「外省人」及他們的子孫有很大的意義。人不可數典忘祖，對時代的悲劇可接受它，但不可以忘記它。

當年這些經過時代考驗的年輕人，不論是從軍的、被抓伕的，挺過了戰火巨輪的輾壓，創造了屬於他們的時代，值得敬仰。在寫這篇序時，正好聯合報的副刊登出沈珮君女士所寫的藝術大師孫超的傳記，這位國寶大師曾是烽火乞兒，逃過難、討過飯、挨過打，最後跟了孫立人部隊來到臺灣，他的經歷跟書中各位教授父母親的經歷非常相似，沈女士記錄了孫大師的一生就像書中作者為他們的孩子記錄了他們父母輩的一生，不容青史盡成灰！

是為序。

（本文作者現為國立中央大學認知神經科學研究所榮譽教授暨創所所長）

【前言】

卻顧所來徑

朱嘉雯

坦白說，這本書就是為了我們這一群作者所量身打造的。我讀文學多年，自己也寫作，然而最歡喜觀察和研究的，還是人。唯有人，有無限的可能，能說能寫能創造。我在東華大學作者們的身上看到了屬於他們每一個人的故事。他們不僅有故事，而且總是抱持著說故事的興致。這樣一股情緒，應該讓它發酵，讓它滿溢，讓它像火山又像清泉，既噴薄又湧流，直到它成為大學裡一道不容被忽視的風景。

就從我們這一群人這一代人開始吧。我們這個世代，承接了上一輩流亡離散的回憶，父母親在大時代的動盪裡浮沈，他們的痛，我們感受不到，但我知道若非他們曾經緊緊抓住命運的浮木，不可能換來我們這一代在南北眷村、教員宿舍裡蹦蹦跳跳、打打鬧鬧地快樂長大。

長大後的我們，於歲月匆匆裡奔忙，有的去美國、德國、英國，有的去日本、澳洲、紐西蘭……，回國後，又隨著教職漂泊，最後終於在來不及好好陪伴父母的遺憾中，眼看著他們老邁爾後凋零，我們什麼事也做不了。也就僅能讓回憶湧現了，讓那些點點滴滴的故事略作些彌補，彌補我們這些只會讀書，只會考試，只會在父母構築的安樂窩裡，和兄弟姊妹分糖果、吃乖乖，功課寫完了，就能抱抱洋娃娃和騎馬打仗的一群老少年，從靈魂深處發出的喟嘆與惶恐。而我們心中真正害怕的是，像我們這樣的小家庭，人丁單薄，一旦父母親撒手，我們每一個個體就真的是孤懸於海外孤島上的孤兒了。這徹底的孤兒，我們怎能承受？

我從小生活在臺北，直到上大學才負笈中壢，饒是這麼近的距離，在我讀書的那個年頭，每逢週末假期結束後，我準備搭火車返校，在月臺間，總要和爸爸上演離情依依的戲碼。經常是淚水在眼眶裡打轉，真希望下個週末趕緊到來。所以我不能想像一九四九年，爸爸當時的作為一名中學生，如何能從安徽舒城徒步到安慶，中途遭遇土匪綁架，逃亡之後，輾轉南京、上海，最後渡海來臺。他不要父母了嗎？

後來我親眼見到爸爸返鄉探親時，那時祖父母已經不在，他與自己的親姊姊見面的那一刻，他臉上的表情，和眼神中流露出「再見面已如隔世」的無限感傷，亦使我悽然！我分明記得他在老姊姊面前，重重嘆了一口氣！我永遠忘不了那聲喟嘆，多少無情歲月的隔阻，一聲重嘆，正是古詩所云：「天長路遠魂飛苦，夢魂不到關山難」。而我與自己的弟弟雖然未必每個禮拜都相見，但其實也差不多了。不僅姊弟相見，就連我們的孩子們也週週玩在一起。我們如何能想像上一代人的骨肉分離之苦？

但是我們仍然可以想像，因為我們這一代最靠近那種苦和那種痛。因為從小耳濡目染，聽著雙親說童年話老家，悠悠遠遠地想起家鄉的父母兄弟，話匣子一打開，配上老酒，便有許許多多的故事翩翩起舞，我們小時候聽著聽著，也好像身歷其境，興奮而不能自拔，滿以為那遠方，不過是咫尺。

正是在這樣的生長背景環境裡，我們的作者群便擁有既相似又各自不同的父輩記憶。有的說：我父親第一次回鄉掃墓，就是掃自己的墓！因為當年出走時，家人已上報他死亡的訊息。另一位老師說：我父親參與戰爭，耳朵和胸口曾被三顆子彈所貫射。此後彈殼一直留在體內，我們小時候，爸爸抱著我們，都讓孩子透過皮膚去摸一摸那鼓起來的彈殼。我們因此戲稱他是「三槍牌爸爸」。

我在集稿的過程中，也發生了許多意想不到的插曲。原來這文章寫好之後，我們最渴望分享的讀者竟是自己的子女。因此，有好幾位師長站在父親的墓園裡或靈位前，讓長子對著在天堂的爺爺，通篇一讀，頃刻之間，祖、父、子三人在同一時刻裡，心靈相犀。看到這些照片和影像，我何止感動莫名，淚湧如雨！何謂永恆？應是上有祖宗，下有子孫，即謂永恆。我們這一代人的生命長流裡，終將完成承先啟後的天生使命。因此，就讓我們的文字來擔負起這份責任。因我始終相信文字的力量，更相信愛的分量。

輯一
——今生緣：我的父親母親

努力愛春華

趙涵㨗

小時候每到平安夜，吃過了晚飯，父親就會帶著我們全家去「挖泥沙」。而且這一去就是一整夜不能睡覺，必須熬過午夜十二點。我個人倒是滿期待這一年一度的大日子，反正站站、跪跪、坐坐、睡睡，昏昏沉沉一陣，結束後父親總會帶我們去吃街邊陽春麵，慰勞一下熬夜的辛勞。「挖泥沙」其實就是望彌撒。我們在教堂裡經過一連串的儀式，終於傳來聖子降臨的喜訊，迎接聖誕節的到來，可是當時我們年紀小聽不懂，於是都說成了「挖泥沙」。

父親是虔誠的天主教徒，民國十九年出生於上海，七歲那年對日抗戰全面爆發，於是他的童年記憶便無可選擇地蒙上一層日本侵略中國的厚重烏雲。他在法國租界教會創辦的中法中學（今日的光明中學）就讀，學了一口流利的法語。因為曾親眼目睹日本人以強勢的武力對中國人橫加欺凌，年少氣盛的他便立志要以科學救國，這即是日後選擇念臺灣師範學院理化系物理組（即現在臺灣師範大學物理系）的緣起。而家傳累世的天主教信仰則使他成為謙卑、正直、有自信的青年，一生為理想奮鬥，儘管在亂世之中時代的浪潮席捲著個人，他的意志仍然堅定，從未屈服。

民國三十六年父親從中法中學畢業，隨即趕赴杭州加入三民主義青年團。說實話，依照當時年輕一代所時興的，該是加入共青團吧？但是他毅然決然地做了特別的選擇，應該是有很深層的體會思考，只可惜我一直沒機會請教他此事的心路歷程。在杭州時主持宣誓的人是正值壯年的蔣經國，他一眼瞧見父親，便親筆寫下「努力愛春華」予以勉勵，我相信正是這句話開啟了父親一生奮鬥的方向，那時父親是多麼的年輕啊！就像萬物正在萌發的春天。然而父親努力把握蓄勢待發的青春年華，準備展開以科學救國的人生道路，卻時不我與，因國共內戰爆發，整個上海風聲鶴唳，人心惶惶，再加上八年抗戰的大量消耗，導致惡性通貨膨脹，人們期望抗戰勝利了，經濟可以恢復平穩，豈料隨著內戰爆發，民國三十六年五月，上海便發生了大規模的搶米風潮，不僅發生糧荒，天津等各地的金融證券行也因上億元的虧損而紛紛宣告倒閉。

父親是預官第一期，我是三十五期。

眼看著上海待不下去了，又耳聞改朝換代之際恐怕小命不保，祖父為了其餘家族成員及家父的性命安全，只得忍痛給他二十塊大洋及一床毛毯，囑咐他與大批難民奔向廣州，不想這一別就是近五十年。半個世紀後，我們全家欣然齊返上海為九十高齡的奶奶過大壽，也是老奶奶忍得守得，才得見這個唯一旅居海外的根苗開枝散葉地全員到齊。記得老奶奶非常欣慰與喜悅，當時在父母親為老奶奶置辦的家中與眾親戚團聚、賀壽，少小離家老大回，父親心底夙願得償，想來也是十分快意。待我們返回臺北不到一星期，即接獲老奶奶辭世的消息，這對父親來說真是晴天霹靂。當時大姊陪同父親兼程趕回上海，父親一路隱忍，直到告別式時才眼淚潰堤，出聲哭唸著姆媽。人子之慟，大時代的悲傷在一瞬間表露無遺。這是唯一的一次，父親在人前淌下淚來。父親當年離開上海時一路千辛萬苦，因車廂擁擠坐在火車頂上餐風露宿，甚至目睹有人因打瞌睡跌落火車，最後他總算抵達廣州，並進入中山大學就讀。然而時局變化太快，沒多久功夫又面臨該往何處轉進的抉擇。

當時有兩派意見，絕大部分的人認為西進較佳。重慶抗日都能守八年了，應該是比飄洋過海去蕞爾小島臺灣或海南有保障。但此時父親又再度發揮日後常耳提面命我的一項精神：「人多的地方不要去。」於是逆向選擇了上船出海。所幸搭乘的船駛來臺灣而不是海南，上蒼保佑一念之間，才有機會在後來結識在地人的母親，也才有我們三姊弟的出生。

經過了幾天幾夜的海上之旅，在吐得七葷八素之後千辛萬苦抵達了基隆。這一段逃亡歷程，

▲父母親跟我、師大摯友夫婦合照，前面中間那位是大姊。

▼母親、二姊跟我。

造就了父親謹小慎微的個性，更練就了一身搬家藏錢綁行李的本領。他能用粗麻繩把行李綁得結實到密不透風，我們三姊弟赴美留學時，他更是在各自的褲子上縫了許多暗袋來放錢，這都是逃難過程中刻骨銘心學到的經驗。

抵臺後，父親與流亡學生們被暫時安置在臺北火車站等候進一步安排，期間他曾在電影院賣過報紙及發本事給觀眾（電影本事即「電影的故事情節」，是戲院宣傳電影的印刷品），三餐有一頓沒一頓，對一位年輕小夥子來說實在是饑渴難耐，於是只好動用保命的袁大頭來溫飽肚皮。父親對於念書考試有過關斬將的本領，通過的學生可以選擇去成大或師大。因為財力有限，於是選擇了公費的師大繼續未完的學業，從而我也錯失了此生跟父親成為成大校友的機會。

父親長得白皙高帥（一七六公分），在人群中非常醒目，當時母親也在師大就讀，但彼此都專注於各自的學業，因而並未結識。直至畢業後，父親服完預官第一期兵役，正好母親也畢業返回故鄉花蓮師範任教，並在救國團兼職，而父親也因緣際會輾轉至花蓮救國團擔任祕書，至此兩人才結識，郎才女貌展開一場轟轟烈烈的戀情。在那個年代，一個孤家寡人身無恆產的外省人，是很難被本省家庭接受的，父親自不例外。所幸最後有情人終成眷屬，在花蓮學校禮堂結婚，媒人是慨然借錢給父親成家的花師校長李昇（李安導演父親）。這裡有個小插曲，父親看似嚴肅，年輕時也有些趣事。我兩個姊姊都是道地花蓮出生的花蓮人，而母親產下二姊後

趙家三姊弟。

經歷生理不適，並沒有計畫再有小孩，我算是天外飛來的老么，所以從小父母親都說我是河邊撿回來的棄嬰，幼小心靈因此有不少陰影。我出生在臺北市昆明街的一家小診所，八月一日那天母親覺得有些徵兆，父親陪她去診所，到了診所父親竟然突發奇想，告訴母親趁還沒臨盆坐月子，趕快吃個霜淇淋解饞，否則之後至少得等上一個月才能打牙祭，說畢逕自去買。買回來找不到母親，才發現母親陣痛難耐，已自行進產房待產了。事後父親還問母親一句非常「白目」的話：妳怎麼知道要生了？可見父親雖然已經有兩個女兒了，還是對生小孩的細節不甚明瞭。好不容易家庭算是安頓了下來，他又做出影響一生的重大決定——出國留學。

我一直認為，父親無時不受到經國先生題贈

父親在大陸的親人。

「努力愛春華」的啟發，其落實的做法就是確定自己的人生方向，明確訂定階段目標，然後盡一切努力達成。父親以追求學術成就為終身職志，因此放棄高薪俸與高職等的救國團職務，瀟灑地隻身回母校從基層助教幹起。經過不斷地努力充實自己，終於在四十三歲的「高齡」拿到了美國俄亥俄州立大學科學教育博士學位。過程中母親更是扮演了至關重要的角色。在那個時代，母親頂著師大教育系畢業的資歷，有很多機會可以擔任國中校長，但她為了讓父親無後顧之憂，支持父親在海外進修，放棄許多進修及晉升的機會，全心全意撫養我們長大。事實上，父親是分三次出國才完成了學業，前兩次有公費支持，但是還是得在課餘時打工賺取美金，以寄回家中貼補家用。第三次出國時已經沒有公費且留職停薪，於是家中僅靠母親任教女師專微薄的薪水度日。期間，母親還擔任父親職務的代理人，在年節時邀請僑生到家中餐敘，照顧同學紓解思鄉之情，母親是全方位做到協助完成父親的職務。姊弟三人晚上圍著母親睡覺，在母愛的呵護下，我們一點都沒有感受到物質缺乏的貧苦。一盤豆乾炒肉絲蘊含了那個年代我輩最難忘且最喜愛的飲食。記得有一年春節，母親自己擀皮包餃子過節，初一吃完飯，餃子皮剩了點，於是她再做點餡，到了初三飯後，餡又多了，於是再擀點皮，就這樣，我們四人以吃不完的元寶度過了整個春節。如今回想起來是多麼令人難忘的溫馨時光。

父親長年不是公忙就是出國進修，在我小時候他是個遙遠模糊的身影。記得高三下學期我正如火如荼地全力準備大學聯考，父親那時已經在中山大學服務，他任事積極認真鮮少回臺北家，更別說與我照面。有天難得兩人一起出門，一路無話有些尷尬，於是他開口囑咐我：「小捷（我的小名）高二了，要認真準備考試囉。」我回覆他：「爸，我已經高三，再幾個月就要應試了。」他靦腆地笑了一下，又說道：「那更要加油喔！」母親也常常笑說，父親連我姊弟三人生日都記不住。但是我理解父親是典型那一代人的思維，對子女的關心是以隱藏內心不露痕跡的方式來表達，而且是身體力行，率先以自己為榜樣。譬如說，他每日要求我們先小憩一下，再開始讀書至深夜，而他本人亦是如此行事。我常常晚上耐不住瞌睡蟲上身，總想要偷偷瞇一下，然而一旦被他發現，少不得一陣白眼。幸好我跟二姊差三歲，我考高中時她也準備考大學，而且二姊是個非常認真的學生，經常能夠整晚熬夜苦讀。於是我就靠二姊護航，只要她一聽聞父親腳步聲，就會立馬喚醒我備戰。父親有多年監考經驗，想必也早知姊弟倆玩的花樣，但從未點破。不過我經此折騰，也睡意全消，往往能繼續苦讀備考。

上了大學後我因身處臺南，遇到收假時節，若是我也恰巧北返，父親會放棄快捷舒適的飛機，轉而陪我一起搭乘費時吵雜的野雞車南下，亦或是讓我先到父親宿舍待一晚，等他南返高雄後再帶著我來到知名的大同路川菜街大快朵頤一番，爾後我再自行回成大。因此時反而有較多機會跟父親相處交談，他除了耳提面命一些待人處事的原則之外，常叮囑我以後出社會做事要秉持「少要跳，老要靠」的原則。我當時還不甚瞭解其中涵義，但從他工作軌跡中可窺見端倪。父親當過成功高中教官、花蓮救國團祕書、花蓮高工訓導主任、師大助教、副教授、教授、系主任、院長及彰師大系主任，及至五十歲後又轉往中山大學服務，充分發揮了年輕有體力時各處跳槽的歷練，最後轉往南部追隨李煥先生於高雄草創中山大學。或許我是學到了這個精神，在過去二十幾年中，從剛拿到學位回國曾至私立大學短暫任教之後，即轉往花蓮參與國立東華大學的籌備工作，並曾幾度於東華大學、宜蘭大學間跳動工作，也曾兼任教育部電算中心主任，因此累積了很多人生的歷練。

父親因家境關係在成家立業後才出國進修，深知年紀漸長對念書有不利的影響，因此對於

「努力愛春華」有更深層的領悟，所以非常希望我們努力愛惜青春年華，不要虛擲光陰，及早立定海外留學目標，因此從小姊弟三人就以出國念書為志向。兩位姊姊大學一畢業就各自前往美國求學，我則是一退伍就赴美。我想很少人從國小就立志出國，而且在大學時期有空就準備GRE和托福吧？因為父母親都是老師，是收入有限的小康家庭，然而他們倆卻都省吃儉用，為每個小孩準備出國經費。二姊積極認真，在臺大就讀時品學兼優，事先獲得了美國學校提供的獎學金，父親總算得以減輕負擔，利用那筆錢替自己買了生平第一部新車，犒賞一下自己開快車的渴望。

我為了減輕父母親的經濟壓力，赴美後極力爭取各種教學或研究獎學金的機會，因此難免必須從個人喜愛的領域轉到可以提供獎學金的領域去做研究，所幸後來也成功地爭取到多年獎學金，無需父母親多操心，但是其中也有一些插曲。個人甫出國時是在密蘇里羅拉分校就讀碩士學位，此校電機系在美國也是排在前四十名的知名學府。我到校半年後爭取到了教學及研究獎學金，領到了生平第一次的四位數美金支票，生活頓時優渥了許多。此時另外一所排名前十名的普渡大學突然通知我入學，這時父親的過往經歷又在我腦海中浮起，提醒既然最終目標是轉到名校獲取博士學位，再加上大姊那時候也在普渡，可以互相照應，與其念完碩士再去，不如及早前往，也可以早些安定下來。因此經過與父母親的商量，在得到經濟上的支持保證後，我毅然放棄上萬元獎學金，轉往普渡就讀暑期班，展開嶄新的留學生涯，而這也跟父親海外求學生涯有異曲同工之處。父親的碩士學位是在印第安納大學取得，博士則轉至全美科學教育排名第一的俄亥俄州立大學，從大學時代的物理專長轉到科學教育領域發展。他當年一定是考慮到身處師大，藉著教育範疇的寬廣，生涯規劃可以與師大的發展更為契合。其實父親在美國讀博士時的表現非常優異，即將畢業時，指導教授幫他安排了工作，並且會幫助全家辦理移民。父親起初有些動心，著手開始了一些準備工作。但是隨後卻被告知，我大姊年紀超過那時的規定，必須留在臺灣。父親不加思索，毅然決然再次放棄眾人羨慕的高薪與入美籍的機會，而決定返臺。此適足以證明父親經歷多年四處飄零的日子，因此非常守護傳統家庭價值，不僅努力愛惜自己的春華，更珍惜與子女們相處的美好時光。

父親從大陸以流亡學生隻身輾轉來臺，歲歲年年心中除了念著我祖父母等親人之外，也一直保有曾經逃難的危機意識。而且雖然身無長物，卻致力以清廉自持。在師大服務期間雖然曾任系主任以及院長，但是他要從師大宿舍搬至科技大樓後方自購的師大配售公寓時，並未動員同仁或學生幫忙，而是與鄰居麵攤老闆商借其謀生的三輪車，將我喚來與他一腳前一腳後，一車車將物品搬至新居。盛暑之下父子二人冒著渾身大汗，卻也藉此體會到踏三輪車與騎腳踏車之間的巨大差異。

父親在中山大學初任校長時，於行政會議中要求人事室主動配合工作，是時的人事主任卻當眾檢舉他在宿舍濫用工友協助整理。父親並未動怒，而是現場請人前往他宿舍一探究竟。結果回報發現整理宿舍及幫忙料理三餐的是趙家免費的長工——家母，登時讓人事主任啞口無言，日後總算能心悅誠服，充分配合。母親那時依舊在臺北上班，一個月南下一次清掃房間。每每提及這身為臺傭的過往經歷，都會言及那時每月南下，打開宿舍大門的當下，所見到的都是父親因校務忙碌，而累積多日無暇清理換洗的衣物及垃圾。

父親年輕時曾有機會到美國大使館擔任翻譯，因此累積了些美金。而師大的一位工友因一時周轉不靈，知道父親有些美金積蓄，於是希望把她臺大周邊土地賣給父親換些現金以救急。但是父親一直不肯應允，因為父親認為在時局動盪的年代，美金與黃金是亂世保值並賴以生存的不二法門，要不是母親極力勸說，否則連房子等不動產的投資，他都不願考慮。這平白使我錯失了減少奮鬥二十年的機緣。事後聞知此情節，很多人都會感到惋惜，但我卻認為那是父親人生經歷所做的自然抉擇，其實父親留給我的是一生受用不盡的無形精神資產。

父親因曾就讀廣州中山大學物理系，後有機會參與於西子灣畔建設國立中山大學，從學生到教師、校長，兩度中山人的淵源既久遠且深厚。父親任事細心負責，擔任教務長時親手撰寫教務處所有章程，對「學則」倒背如流，並以身作則發起「專心公務，嚴謹辦公」的零缺點行政風氣，務實嚴謹的工作態度及徹底篤實的行事風格影響深遠。如東華大學黃文樞前校長曾在中山大學教務處與父親共事過，其行事作風亦屬細膩，每每提及父親皆言深受啟發。詩人余光中老師民國七十四年遷居西子灣，雖說是李煥先生任內邀請來中山服務，但是真正迎接余老師的卻是我父親。當時余老師到中山任教還肩負文學院院長兼外文所所長的行政工作，和父親的接觸當然頻繁，常言及父親對各一級主管非常謙虛，有事商洽每每皆不辭辛勞移樽就教，也因此培養出了深厚的友誼與感情。余老師最琅琅上口為高雄所寫的主題詩作〈讓春天從高雄出發〉，便是在父親全力支持的木棉花文藝季中發表的。父親辭世後，余老師在追思會中特別以傷感、溫馨、希望三種情緒提及父親，相信已在天上的父親應能認同「天堂雖好，不如西子灣」。我個人也深受父親遺蔭庇佑，無論是宜大或是東華，只要邀請余老師，或演講或參加文化活動，余老師往往排除萬難如期前來。後來在宜大與東華校園中豎立〈蘭光明朗〉及〈瀾光明朗燦東華〉石碑，請洪蘭、余光中、黃春明及劉炯朗、牟宗燦等來參加揭幕典禮，亦極一時之盛。

父親非常珍惜在中山大學服務擔任校長的機緣，但是他只做了一任，便返回臺北服務。其箇中原委，只有當時的教育部人事處林政弘處長最了解。他提及父親時說道：那時送總統的人事命令到中山大學，給擔任校長的父親。他很欣賞中山大學校長室所面對的西子灣，景色超美！當時林處長心想父親留在高雄多好，為何又要轉去臺北服務呢？但是父親那一代的人就是一旦老長官有所吩咐囑託，一定全力以赴，使命必達，不會推辭。因此，父親展開了人生另外一段備嘗艱苦的旅程。但是也因為這一段因緣，父親有機會愛屋及烏，能大力推薦曾在中山大學共事的優秀同仁，例如：國立東華大學籌備處主任一職，在尋覓人選時，父親腦海中浮現的，就是曾任中山大學客座教授，有豐富美國大學行政及教學經驗，時任僑選立委的牟宗燦博士。而曾任中山大學外文系系主任的黃碧端，父親也推薦她擔任國家兩廳院副主任（後來擔任過南藝大校長與文建會主委）。還有曾任中山大學管理學院院長的劉維琪，父親則推薦他擔任高教司司長（後來出任過中山大學校長現為中華大學校長）。就連前文提及的中山大學人事室朱紹宗主任，父親也念及舊情，不以人廢言，認同他的辦事能力，大力保舉他擔任國立中正文化中心管理處處長。

父親以其嚴謹處事、重視細節著稱。在教育部服務期間，負責查處電動玩具與審核高爾夫球場證照，皆身先士卒，事必躬親。公文送達父親核處時，雖已經有十餘人核閱過，也不會輕易蓋章了事，每每一筆一筆項目親自對照。有一回，在某高爾夫球審照文件中看出有塊地界「灌水」，他堅持不發證照；也曾看出公文內某金額的小數點位置錯誤，因而產生百萬元的誤差，日後常與負責該科的科長同仁戲言，你欠我百萬臺幣云云。就因為父親非常用心審閱每件公文，上班時又需主持諸多會議，於是只好每天下班後請同仁將未批示的公文，以一個大行李袋裝好，帶回家繼續加班。因此常常需要工作至半夜三更，母親還笑稱父親每天就像是要出國旅行一般。因其工作繁忙，加上年歲稍長，父親中午一定會回家休息片刻。我記得他當時特別買了一個廚房煮菜用的計時器來喚醒他。我很不解，為何不用鬧鐘？原來是時間有限，他只能假寐五—十分鐘即起身返回工作崗位，而每日設定鬧鐘太花時間，計時器設定只要一轉即可。父親主持會議明快有節，但也盡量讓同仁們暢所欲言。他非常不能接受出席同仁未獲充分授權，凡事都說要回單位請示後再行事後報告。所以只要遇到如此情景，他就會請該同仁離席，全體與會人員靜候該單位再派出能明確負責的代表抵達後再行復會。如此一兩次經驗後，與會人員皆戰戰兢兢地做好充分準備，因此，會而必議，議而必決，開會的效率從此大增。我日後有機會在教育部服務時，也曾目睹陳益興前次長有類似的作風，他事後告訴我就是跟父親學的。父親處事向以剛正不阿、清廉自持奉行不渝。對於不適當的人事安排或不合規定的請託，無論任何人來說項，也絕不輕易讓步。某天晚上，有位民意代表到家裡來，希望父親能對一家高爾夫球場高抬貴手，盡速核准放行。父親鑒於該員位高權重，只能以禮相待，虛與委蛇，但立場一直堅定不移，最終一切仍依照規定辦理。該委員自覺無趣，即提前離去，但臨走時強留下一小盒禮物。父親打開一看，發現是勞力士滿天星男女對錶，第二天早上馬上帶至辦公室，交付政風單位退回。更巧的是，才交給政風單位處理，即刻有記者電話詢問相關事宜。父親事後提及此事，常說幸好堅持原則並蒙天主保佑，從而也體會政治的凶險黑暗。

我在校長任內當然需要面對一些學生運動，但是對比父親在教育部所遭遇到的野百合學運，程度真是天差地別，處理方式遠遠自嘆弗如。我也親自見證了父親處理中正紀念堂學運，甚至有天晚上接到當時國安局宋心濂局長電尋父親，話筒轉給父親後，另一頭卻是李登輝前總統焦急的語音。父親主張採取柔性勸導方式，常偕同當時臺大校長孫震去探視靜坐的學生，但絕不和學生同坐在地上，以免被學生或媒體拍照，宣稱教育部官員也來參加靜坐。其心思之縝密，讓教育部林政弘處長非常佩服。父親主張對待學生要很有耐性，沉得住氣，最後在學生撐不住要求見李登輝前總統談國是的機會下，順勢找到下臺階，結束了驚濤駭浪的學生運動，過程中，始終沒有出現暴力行為。

父親雖然長年擔任行政職務，但是我覺得他最大的享受還是在教育學生身上。父親擔任導師的學生中山大學退休教授陳茂雄常言道，父親的特色是將學生當作兒女看待，在他擔任中山大學校長時，很多教授係出自其門下，在公共場合父親會與其他教授稱兄道弟，與其學生出身的教授距離卻很遠，可是私底下相處，會對學生傾吐心裡話，最重要的是學生的事會盡最大的力量幫忙。父親很照顧學生，卻不准學生踰越規矩，也非常不喜歡別人來隨意關說。父親在教育部工作時，曾有人委託陳茂雄教授關說一件事，在電話中父親很明確的表示，「陳茂雄，除了你以及你太太，以外的事，你都不應該找我。」父親如此行事風格，不只是對待外人，連自己兒子也不例外。我服役期間，奉派調至外島金門待了十個月。我剛至金門報到時，上級長官直言：以你這種背景，怎麼可能調來前線？但是父親也並未關說此事。據父親那時候的校長室孔君仁祕書事後告訴我，當日我從高雄出發搭船前往金門，父親在辦公室與他討論公務到一半，忽然抬頭望著正要出港的運兵船，喃喃自語道：「我兒子應該也在船上。」父親舐犢情深，溢於言表。我恰也因此外島累積很多生活歷練，日後可以從容應對艱辛的留學生涯。

父親教學要求非常嚴謹，喜歡以互動方式授課。對於課程內容細節，常會追問到底，絲毫不留情面。在教授博士班課程時，因為公事繁忙，只能請學生週末來家上課。每每接近上課時間，只見一群學生在我家門口，交頭接耳急得滿身大汗，就擔心待會被父親問得瞠目結舌無詞以對。東華大學古智雄主祕是父親博班學生，他說每當到這尷尬的時刻，學生就會以求救眼神望向母親，母親就會適時出面，請大家吃點水果喝口水，以緩解嚴肅緊張場面。父親很喜歡學生去看他，而且都約在上午十一時，天南地北暢談往事，每每中午就到隔壁的一家鐵板燒用餐。雖然父親已退休，可是在大家搶著付帳時，老闆總會說，「你們老師從未讓學生付過帳」。

父親退休後曾短暫停歇在花蓮，後因老朋友大多居住在北部，又改選擇住在新店安坑山上的養老宅。除了繼續不斷的著書立論外，每日最規律的活動，即為與母親搭公車遊臺北市。每

父母親來探望在美念書的姊弟三人。

每搭車遠至三重，前往最愛駐足的麥當勞，一杯紅茶，即可一邊看書一邊寫作一邊與母親談天說地，打發一個下午時間。父親晚年提出「三維人文科技通識架構」主張，建構科學教育的系統觀，父親觀察到科學研究界經常有造假數據、掛名等亂象，而人的慾望「侵蝕」科學研究本身，很多研究者的跋扈心態「汙染」科學研究。據曾訪談父親的東華大學陳復教授表示，父親在一九九六年退休後更認真，大量書寫學術觀念和想法，針對學術界層出不窮的造假亂象提出「求如」的觀念與主張，指出「科學研究者，必須隨時自省和自覺」、「相比於科學方法，科學倫理和科學態度更重要。」現已成為臺灣科學哲學領域探討的重要課題，父親「活到老，學到老」的精神，無疑是我退休生涯的最佳典範。

即至父親年至七旬後，因不忍看我舟車勞頓，又希望兒子能多承歡膝下。父親遂私下拜託多年好友宜蘭大學劉瑞生前校長，希望能安排我北上服務。我本來因為在東華主持頗多計畫，一時分身乏術，並不太積極想轉換跑道。直至劉校長告知我父親的期許，詳細分析利害得失，並言計畫做得好只會越接越多，不可能告一段落，我憬然覺悟毅然決然的轉到宜蘭大學服務。父親無心插柳的期望，反而另外造就了我在宜蘭大學的另外一片天空。父親八旬後深受失智所苦，與人溝通已不能順暢。而我受東華創校牟宗燦校長所托，希望我能返花再創東華高峰。未能事先請示父親，便決定返回東華服務，深覺愧對父親所望。返花蓮服務不過十日，父親就離開返天鄉了。或許冥冥之中，他希望我不要掛心他，全力投入新的工作。每思及此，便熱淚盈眶，久久不能自已，我一生皆有賴父親呵護引導，真不知何以為報！

念念叨叨的敘述了一些父親的往事，無非是想要記錄父母親在那一個年代，對自己的砥礪與犧牲，對子女的栽培與期許，造就了我們姊弟三人現在的些許成就。父親深受古典儒家兼之以西式法國教育，但不輕易將心中想法與子女分享。終其一生，我從未聞其對我有任何看法。最近看完《人世間》被這段話深深地打動：「孝分兩種：伺候在父母身邊，照顧衣食住行，是養口體；遠走高飛，有所成就，讓父母以此為榮，是養生智。」希望我能夠兼容並蓄，無辱父母親的期許。父親經歷過動盪的日子，培養出謹小慎微且積極任事的個性，我們姊弟三人受用無窮，無以為報，只能謹以此文敬獻給在天上的父親與二姊（二〇二一年十二月病逝）。但願來生或日後天上相遇，父親能告訴我他以我為傲，我也會毫不猶豫地稟告父親，我們是多麼驕傲幸福能有他們這對父母。

本文作者

趙涵捷，美國普渡大學電機博士，現任國立東華大學電機系特聘教授。熱衷於研究及規律運動，對高教未來發展有非常多的想法。

漂流．泊岸．築夢——懷想大時代父親的臺灣旅程

朱景鵬

父親的故鄉和天生的方言天賦

和一九四九年國民政府撤退來臺的多數人一樣，父親跟隨部隊到了屏東，後又輾轉來到了臺東。不一樣的是，父親從軍的時間很短，來到臺灣後的第二年便因傷退役，退役時的編階是上士。對於父親軍中的回憶，在其來臺的四十年光陰中，軍旅生活極其短暫，所以沒有什麼特殊偉業可以稱頌。小時候我曾經問過父親是什麼樣的機緣讓他到了臺灣？印象深刻的是父親提到了家鄉中的一位鄉長蕭昌樂先生，父親只是輕描淡寫地說：「爸爸是跟著蕭先生的隊伍一起來到臺灣。」長大後才知道蕭先生曾經在一九八六年擔任過國民黨中央大陸工作會主任以及總統府國策顧問。一九二七年一月父親出生於江西省贛州南康縣，至於是哪一個具體的鄉鎮村已經無從知悉。一九二七年的江西省恰是國共雙方的首次武裝衝突，謂之南昌

暴動，而當時中共中央革命軍根據地即在贛南和閩西地區，中華蘇維埃共和國臨時中央政府設在瑞金，稱之為「紅都」。在一九三〇年到一九三四年間，由蔣介石領導的國民政府曾多次向贛南地區分進合擊，中共紅軍被迫開啟其著名的二萬五千里長征。

贛南正是父親的故鄉，一九四九年五月因為國共內戰，省會南昌為中共人民解放軍占領，江西省政府一度南遷贛縣，但在八月十四日由劉伯承率領的解放軍攻下贛縣及贛南地區，江西省全境淪陷。南康正位於所謂的「贛南道」（民國三年設置），抗戰結束後行政區劃歸屬於第四區，稱之為專署駐贛縣下轄贛縣、信豐、安遠、尋鄔、龍南、定南、虔南、大庾、南康、上猶及崇義十一縣，如今已劃為贛州市南康區。蔣經國總統曾於一九三九－一九四五年間擔任當時江西省第四行政區（即轄贛南十一縣）行政督察專員兼保安司令。當時的贛南地區不僅土匪眾多，土豪築堡自固、菸毒泛濫，光是南康縣一帶吸食鴉片的就多達二萬多人，甚且賭風盛行。我念高二的時候，有次過年，父親突

一九四九年初到臺灣的父親。

然心血來潮竟然教起我和哥哥及弟弟一共四人開桌打麻將，到現在我還真不知那時家裡的麻將從何而來？這是一九四九年父親來到臺灣後第一次打麻將，也是唯一的一次。不解父親為何這樣做？父親一面教一面說起在老家時一樁讓他終生痛心疾首的往事：「爸爸在大陸念初中的時候，和幾個年紀相仿的玩伴一起聚賭，玩起了麻將。但因為下注金額過大，其中一位富家公子承受不起賭輸的巨大賭債，又不敢回家面對家人，竟然走上黃泉路。」當時父親說這是他在大陸的二十年當中心裡所遭受最大的衝擊，因此透過這唯一的一次，以說故事的方式告誡我們三個兄弟切莫沾染賭博惡習。

江西一帶長期以來都被認為是大陸最貧窮的省分之一。老家南康是贛州一帶的縣。贛州位於江西南部，地處贛江上游，古有俗諺謂之：「八山半水一分田，半分道路和莊園」，把父親的家鄉，贛州所轄的十八個客家縣市區，包含章貢、瑞金、贛縣、南康等的風光景緻，刻劃得恰如其分。

根據父親的說法，在他三代以前，老祖宗從廣東梅縣北上到了江西贛州，這個說法以及贛南所屬十八個客家縣，證實了原來父親除了普通話之外，還能說流利的客家話，其來有自。同時據父親所述，在一九四九年來臺灣的途中，曾經短暫待過香港，因此也能說一些廣東話，看來父親是具備語言天分的。父親來臺最後落腳的地方是在臺東縣知本崎仔頭，也是我出生的地方，那裡居住著不少原住民，大多是卑南族（位於臺東縣卑南溪以南，知本溪以北），久而久之，父親的原住民語居然也能有所溝通。此外，臺灣話自然也不在話下，說得一口很不錯的臺語。我小時候念的天主教天真幼稚園是由德國神父創辦的，兩位女老師也都是在地的原住民，知本國小、知本國中，部分老師及過半同學都具備原住民身分，這使得我和在城市成長的同學們相較，多了一份不一樣的人生體驗。尤其是我國中一年下，教授地理的白明智老師在講到江西省的時候，特別向我的同學們介紹我的父親，說他來自江西，通常他們彼此都以「老表」互相稱呼，那時我班上五十六個同學都是臺灣籍，我是唯一的外省囝仔，自此以後，我的同學都開始叫我老表，直到今天。此外，在我一九九一年要出國辦理德國簽證所需文件中，其中有需父親親自簽名的地方，因為不熟悉到底是簽中文或是英文，我居然拜託父親是否可以簽英文？父親依著我書寫好的英文字，竟也簽得有模有樣。如今想來實在很對不起他老人家。

民國五十四年父親（左二）任教於臺東縣太麻里鄉美和國小時與同仁合影。

來臺改名與父親的文采

父親來臺之後，根據身分證上記載的名字是朱超元，來臺之前父親在家譜上的名字是朱宗驃，祖父的名字是朱光輻，祖母是朱鍾氏。因為祖母姓氏為鍾，似乎更加確定父親客家的血統不僅僅只是地域的關係而已。父親改名，這和我們經常耳聞的大多數一九四九年後來臺的國軍或人員有的改名或是更改出生日期的經歷似乎沒有不一樣。

父親的文筆甚好，文字書寫也極為俊秀，自小即對我多次耳提面命，告誡我一定要把字鍛鍊好，字寫得漂亮受用一生。想來，父親靠文筆及文字為自己來到臺灣以後的「留臺人生」找到了出路。父親的學歷欄是「江西省立贛縣高級中學」，初中念的是「南康中學」（據說是江西省首批優秀重點中學，成立於一九三九年九月）。根據父親自述，他自小學五年級開始，在家鄉每年過年期間一定為鄉親父老寫春聯，到了臺灣我小時候也是每年在家裡張貼父親親寫的春聯。不論是門前對聯、還是衣櫃衣櫥或者米缸貼上春、滿、福，老子寫字，小子貼聯，老小其樂融融。

一九四九年父親離開家鄉到了臺灣，沒帶什麼東西，但有一本《唐朝書牘》卻隨身攜帶，保持完好。那是一本竹簡編製而成的書牘，我常常拿來閱讀，它的內容大概都是一些以古文書寫的信札樣本，自小父親也要求我要多背誦唐詩，記得我國高中國文成績一直是全校前茅，老師也經常要我上課前先上臺背誦古（課）文給同學們聽，這應該也是受惠於父親的念想、要求與教誨。我當年參加大學聯考，只填臺灣大學中文系作為第一志願，其餘都以外文為志願。可惜未能如願考上臺大中文系，當年若是填了中央中文、成大中文、以及中興中文，說不定我也能寫點什麼驚天動地的言情小說呢？不過，上了大學後，發現自己沒有文學才華，只能默默地做個欣賞者。

父母夫妻情緣　源自父親悲天憫人

父親來到臺灣身無分文，和在大時代的動亂中多數人一樣隻身來臺，窮得要命。離開軍中後，父親憑藉著其文采和俊秀的字體在臺東縣政府民政科覓得一份差事，這一份差事造就了父親和母親的姻緣。民國四十五年的一次颱風風災，父親受命下鄉到知本地區進行災情訪視並記錄災損，俾能對受災戶提供補助。其時，外公工作於水利會，近距離觀察父親，發現父親具有悲天憫人胸懷，處處為災民著想，索性將母親介紹給父親。母親是外公的養女，原姓林，屏東人，過繼給外公外婆後從其姓廖，和父親年齡差距九歲，認識父親時芳齡二十，

全家福攝於民國五十八年，中間黑色毛衣男孩為作者。

民國四十六年父母親結婚時，父親已年過三十，在當時應該算晚婚了。家父母結婚是標準的芋仔番薯組合，很特別的是，外公卻是一個迷戀國劇的臺灣劇迷，小時候常常聽到外公哼唱平劇京調，也不知其唱腔是西皮還是二黃，加上一些肢體動作和外公黑嗚嗚的臉，彷彿看到剛烈的包拯以及勇猛的李逵一般。

婚後在母親的鼓勵下，父親參加了退除役官兵特考，母親特地到家裡附近的太子爺廟求籤擲筊，果然心誠則靈，如願考取，從臨時人員變成正式公職，但是每天要從知本騎腳踏車到臺東市區上班，路途遙遠，現在想來只能佩服父親的毅力，能夠在惡劣的環境和條件下吃苦，幾年以後就請調到臺東縣太麻里鄉華源國小，然後慢慢地再換到三和國小，最後來到了美和國小，擔任小學教師多年。父親和母親結婚的十年中生下了我們五個兄弟姊妹，家中人口多了，許是一個小學教師薪水難以維持家計，父親索性毅然決然棄教從商。

白手起家　父母同心　叔叔伯伯親如家人

父親常說來到臺灣和母親白手起家，從一無所有，建立家庭，生下五寶便是他一生中最大的資產。父親在民國五十九年離開教職，先是租地種過果園，當過農夫，遙想那幾年每逢到了收成的時刻，那結實翠青的椪柑纍纍地堆積在小小家中，如今想來那一幕久久不能抹去的印記是父母親的背影汗流浹背，看著我們幾個稚孩，父母的微笑始終在臉上徘徊，燦爛無比，幸福滿足，無以言喻。

當然，那個年代的父母親無一不是胼手胝足，父親先後當過士官、公務員、教師（軍公教都經歷過）、自耕農，後來迫於家計開起了碾米廠。母親一生勤苦，努力生產報國，削甘蔗、賣楊桃汁、開公路局票亭賣票、開美髮廳，還養過豬。可以說能夠賺錢養家的活都幹了！記得每年颱風過後，我都會隨著母親到知本海邊去撿拾漂流木，帶回家作為洗澡熱水的柴火。也因為如此辛勞，所以父母親極為重視孩子們的教育，總是告誡我們朱家以後不能再像父母親這般辛苦，只有努力讀書才能脫貧。現在有句話說得很貼切：「在以前什麼都沒有的年代，唯一有的就是未來。現在的年代感覺好像什麼都有了，唯一的欠缺卻是看不到未來在哪裡。」時空環境下的世代差異，感覺很諷刺。

當時家裡附近就是一個知本營區，距離住家不過三十米，營區中多是大陸各個省市過來的阿兵哥及軍士官，營區編制大抵上只有一個營的規模，那時應該是四十九師步三營，包含營部連、兵器連及通信排等。小時候和父母親往來的叔叔伯伯中有一大部分是來自知本營區還有知本開發隊（今天的臺東農場知本分場），其中以山東伯伯最多，有一位海南島的士官長范居義叔叔，還有江西來的軍官老鄉朱林叔叔（後來調職搬到臺南永康精忠二村），以及臺灣的年輕阿兵哥綽號叫做「水蛙」，我還保留了小時候他們和我的合影照片，證明我們的感情不分老少，不分地域不分省籍，真的很快樂。

那時知本國小附近有個軍中樂園，水蛙叔叔有次還特別帶著我逛樂園，印象中是一個完全由竹子為材料構造所建成的，進去後人聲鼎沸，都是阿兵哥和阿姨們在聊天喝茶，像拍電視劇一樣，覺得好不熱鬧，大家可以想像那一幕，當年的我應該只有六、七歲左右。記得臺灣在二〇一四年就有過一部以「軍中樂園」為背景的電影，非常賣座也非常寫實。另外，在營區旁住著一個河南來的周治和叔叔，小時候最懷念的味道就是常去他家吃麵餅，類似今天的蛋餅，但只是麵粉攪和攪和，放些蔥，下油鍋，一撈一嚐，人間美味。由於父母親的好客與誠懇待人的熱情，家裡可以說每天都有叔叔伯伯來吃飯聊天喝茶，像是親人一般，令人懷想不已。到營區蹓躂蹓躂、和叔叔伯伯來來去去串門子，成了我小學時候的另一個生活印記。

父親的願望——從孩子的名字中找尋回老家的癡心

在那個隨著國民政府來臺的年代，對離鄉背井的父親而言，「一年準備，三年反攻，五年回大陸」似是一個美好的期盼，卻沒有想到最後卻成了奢望絕響。隨著我們家五個兄弟姊妹的到來，父親非常細心地在家中衣櫃內貼上了孩子們的生辰八字，特別是我們三兄弟，除了現在身分證上的名字之外，有再按照族譜「英」字輩所記載的名字，更有意思的三兄弟各有一個別名，家兄是「雷大」，我是「雷鳴」，小弟是「雷聲」，三兄弟合起來便是如響雷般的「大鳴聲」。想來這些別名也意味著父親的一些期待，除了回老家不忘族譜的根本之外，也有作為男子漢應該具有如雷貫耳般的磅礴浩然之氣吧？

父親聰明靈巧　親力親為　自組碾米機

在父親開始了碾米廠生意後，自小我便隨著父親坐上他的老爺川崎摩托車，在稻米收割的季節一塊去知本開發隊收購稻穀。父親極其聰明，當時的碾米工廠規模小，傳統上稱作「土礱」，後又稱作「木造碾米機」。構造上經過幾個流程，需要有碾米前過磅處磅秤、馬達、斗式升降機、風鼓、精米筒／機、土礱機以及篩石機。過程中要先粗篩、礱穀（稻穀去殼）變成糙米，第一道被剝開的稻穀即是「粗糠」，然後是糙米去膜的精米過程，脫除的外膜一般稱之為「米糠」，最後透過升降機內部的小斗，由皮帶帶動升降，所有的稻穀和精米都會經由這個裝置在機器裡循環運作。*家裡的碾米廠，父親不僅獨力親為設計、組裝，故障了也是自己修整，不曾假手他人。我在小學階段陪著父親一起睡在穀倉多年，全身雖感赤癢無比，但一想到父母親辛勤的背影，懂事的我總覺得睡在穀倉房的那幾年可以將小臉倚在父親的鬍鬚中磨來磨去，真心覺得幸福又甜蜜。

父親的碾米廠隨著鄉下農事的需要，各式各樣的家禽飼料需求日熾，玉米番薯籤粉等加工作業，我自小陪著父親在米店幫忙，因為生意的關係，父親也教導我打算盤，我也打得極好，國中時老師都會請我用算盤計算同學們的成績。幫助家中碾米及飼料加工也一直持續到研究所寒暑假的時間，加工作業結束我都是全身粉白樣貌，像是中秋佳節的太陰一樣。在將近二十年陪著父親工作的時間，常常跟隨父親到知本開發隊去逛逛，那時的開發隊基本上是由一群大陸來臺退伍的未婚官兵組合而成，每幾個人配給一間共同住房，稱作為「莊」。記得當時多少有幾十個農莊，每一莊的叔叔伯伯都分配幾分田地一起耕作。家裡販售的米源主要都是這些叔伯辛勞播種的稻穀。

---

* 參見鄭安齊〈一粒稻穀的旅程（上）〉：木造碾米機解剖學；〈一粒稻穀的旅程（下）〉：土礱間的美味關係。

欒伯伯與我家　萍聚人生　情誼綿恆

自小，在知本開發隊任職副隊長的欒少卿伯伯，是山東青島人，自幼參與抗戰以及國共內戰，在大陸成親後，不久便一人隻身隨著國軍作戰輾轉來臺，在開發隊副隊長退伍後，便到家裡米廠幫忙顧店，每天上午從知本村騎自行車到位於崎仔頭的米店，七點開門，中午十二點休息，下午四點返家，二十年如一日。欒伯伯不僅一人獨自住在僅有斗室之大的窄房，生活過得極為簡樸且規律有序，到了臺灣堅持終身不娶，我和他相處時間最長，也情同父子。每年大年初一一大早，他都是第一個到家裡拜年，我每年都能收到他給的十元紅包，很興奮。我會利用寒暑假幫忙分擔欒伯伯送報紙、送米的工作，欒伯在家裡幫忙了二十年，完全沒有薪水，他說父母親為人正直、勤奮、樂觀、善良、好客，他心甘情願。

我也是他最忠實有耐心的聽眾，聽他如何從山東從軍、抗日受傷、近身痛擊共產黨，再隨國軍轉進臺灣，每次只要聽他一提起共產黨便是渾身的國恨家仇，可以想見他臉上不由自主會出現那日益年邁卻又盼不回老家惆悵的眼神，遺憾與錐心刺骨之痛，尚且無人可以安慰他。我應該是他傾吐心事最長最深的小孩。在我服役的第一年母親驟逝，那年的欒伯伯已經高齡七十三歲，父親也已經六十四歲，對於一個幾十年親如家人的欒伯伯，外表堅強，內心可以感受到他的失落感，因為年紀大了，長年盼望回鄉的路卻越發遙遠。

我在退伍前一年，為了準備出國留學和母親商量，母親生前樂觀開朗的個性答應傾全力支持我（雖然我知道家裡是無能為力的），但萬萬沒有想到這是我們母子最後一次聊天，聊我的留學計畫還有家事，而竟在不到一個星期的時間，母親在臺北撒手而逝。其時我已回服役單位，一早接到臺北小舅的電話告知，便立即趕往臺北馬偕醫院看望母親的遺容，和母親說了一些話後，便由民間救護車帶著母親經過高雄屏東回到臺東知本崎仔頭老家，我每回帶著內人小孩回高雄（內人是高雄鳳山人）經過屏東潮州一家加油站都會告訴他們，當年送母親回家時，就在此做一短暫休息。母親的驟逝來得突然，久久不能自已，有一段時間害怕接電話，父親更是悲痛萬分難以接受，因為父親的健康狀況並不理想，而母親的日常卻是充滿生氣，活蹦靈巧，不應該先父親而去。對欒伯伯來說，他每天清早七點到米店開門，母親都會為欒伯伯先泡好一壺茶，但如今以後，泡這壺茶的主人不在了，我常想，父親和欒伯伯在母親過世後同樣都感覺到他們的人生也變了。現在回想起來，我往常要離家回臺北上學的時候，母親總會親自送我到客運站搭車，唯獨這次，她居然是僅在家裡廚房向我輕輕揮揮手道聲再見，這是母親無聲的道別，但是對我卻是殘忍的記憶。

在為母親守靈的兩個星期中，半夜拈香仍然向母親祈禱保佑每一個家人，神奇的是，在母親出殯當日，鄰居阿姨告知我母親託夢三件事希望她來告訴我，其中一件是「媽媽答應景鵬的事還沒有做到」，那便是籌措我出國留學的費用三十萬元。母親是一個重然諾的人，我退伍後不久，便以第一名成績考取教育部公費留學，想來這一定是母親履行她對兒子的承諾的加持吧？而就在我臨出國前，欒伯伯突然塞了一個十萬元大紅包告訴我：「伯伯一生勤儉，但無家可持，你出國留學會需要用到，不要苛待自己，好好努力，告慰父母。」頓時間我手足失措，坐立難安，淚水湧出，感動得無以言語。總想那個時代的他們，孑然一身，一生儉樸，但對人卻慷慨無比。父親在一九九一年二月十九日我臨出國前五天竟也在睡夢中逝去，而欒伯伯在我出國後的兩個月靜坐在家中的搖椅安詳離開，欒伯伯的後事也由我家兄及一些山東同鄉伯伯們共同操持。欒伯伯的骨灰最終由同鄉劉子正伯伯在一九九一年六月攜回青島老家。

盼到回鄉路　母親竟比父親快樂

在父親以為隻身來臺三十餘年後，透過退除役官兵輔導委員會協助，發現竟有一位表弟（祖母鍾氏家族）在臺，住在彰化，經過聯繫，取得家中地址，其時，得知父親親人只剩下大姊及其兒女，開始書信往返，直至開放探親。

大學畢業父母親迢迢北上參加。（攝於輔仁大學外語學院）

一九八七年十一月二日蔣經國總統開放探親，父親終於在一九八八年六月二十日偕同母親經香港、廣州回到了江西南康老家。父親回鄉因為拖著病軀（一週洗兩次腎），醫生不允許久待，屬於快去快回。當時，在離家近一公里處，親人們是用轎子迎接父母進入家中，母親特別提到坐轎子的新鮮感，和拍電影娶新娘的場景沒什麼兩樣。記得回臺時，帶回來的都是家鄉滿滿的果乾。當時父親身體健康已不理想，帶著一些錢幫助離開數十年的老家修繕房子，添購家電設備，親人只剩下父親大姊及其他的姪輩，巧的是其中一位堂弟名字竟和我弟弟名字一模一樣，且是照著族譜命名。這一段漫漫歸鄉路走了四十多年，卻也了了一樁心願，我看得出來，母親比父親還要興奮，因為她知道媳婦終於能見到結縭一生的父親老家究竟長什麼樣子。根據母親轉述，回到了南康老家，數十年不見的親人用轎子把母親接回家，一路上講的都是江西老家的土話，父親雖然離家已久，但對於家鄉話多少還能掌握，母親則是一個字也聽不懂，反正，媳婦第一次到婆家，又是如此的特別，索性就享受一下新娘子的滋味。這是父母親一九四九年後第一次回家，沒承想卻也是最後一次，連同我們作為兒女想一起陪同父母回鄉，都成了奢望。

太子爺的庇佑　父親的遺憾和願望

家裡附近的太子爺廟是我和父母親的另一個共同回憶。打小，母親常常帶著我到太子爺廟拜拜擲筊，極其虔誠。廟會的時候，那裡常常會有布袋戲的演出，而且有好多的零食可以滿足我的口腹之欲。其中燒酒螺讓我印象最為深刻。小小一顆螺，直接用舌頭將螺肉從殼內用力吸出，非常過癮。

記得當年考大學和中央警官學校（現為中央警察大學），父母親也帶著我請示太子爺，記得當年擲筊結果是兩個選擇皆可。父親希望我念警官學校，既是公費畢業後還能當個巡官

一九八八年父親由母親陪同返回江西南康故居，僅餘姪輩細述四十年人事滄桑變化。

派出所主管，如此便覺光榮。怎奈我只去了八天，不僅沒能節省家中開支，反而還賠了八天的公費支出。冥冥中巧合的是，那時中隊長告訴我：「人家是拚老命才考進來，你是拚老命想離開。不管怎樣，要離開官校必須要家長親自到校辦理切結後才可離校。」我萬萬沒有想到，就在最後準備到高雄陸軍官校受軍事訓練的前一天，母親竟然上了臺北，隔日便自己到了桃園龜山將我帶走，見到母親的那一剎那，我便直奔向她，淚水不禁湧出。父親對此事先不知情，得知我放棄後，直覺認為我是因為吃不了苦，因此曾有三天三夜不和我說任何一句話。我因深知讓他失望，只能在心中向父親表示歉疚。這個遺憾直到我當兵退伍考上公費留學後老人家才稍稍平復。

母親的離開極其突然，父親受到很大的打擊，常常在餐桌上憶起母親生前的一切，老淚縱橫，身為人子的我難以慰藉父親的失落感。在我公費放榜的那一天，我悄悄地問了父親：「爸，您是不是還會為我當年放棄了警官學校，讓您失望一事存在遺憾？」父親沒有回答，只是輕輕搖了搖頭。此時此刻，我對父親多年的虧欠才得以放下心頭。有天晚上父親搭了我的肩頭一起散步，隨口問了我一句話：「你能不能告訴我，出國念完博士，回來想幹什麼？」我馬上回：「出國念博士回來當然是當教授啊！」沒想到父親這時突然拍了一下我的肩膀說：「怎麼這麼沒出息，我還指望你以後當上外交部長。」這時我向父親說：「爸，您想多想遠了，我們算哪根蔥?沒家世沒背景，太不切實際了，媽媽要還在的話，她就不會這樣問我！」這時，我慢慢體會出老人家望子成龍的心情，你走得多遠多高，他的期待就有多深多寬。

多年以後我學成回國，第一志願就是到比較鄉下離臺東老家相對近的東華大學服務，後來有機會借調到花蓮縣政府擔任副縣長，以及入閣擔任行政院研考會主任委員一職，我一方面向父母親報告，特別是父親，我輕輕地告訴他：「爸，雖然不能像您期望的擔任外交部長，但是研考會主委也是一個部長級職務，希望兒子沒有讓您失望。」

另外一方面，太子爺廟則是我每年回老家祭拜父母親的時候，一定要再去說說話的地方，因為這是我和父母親的共同生活記憶。現在太子爺廟位在崎仔頭建興路上，因為金身曾遭偷竊，其後經過重建，籌備之際，重建會主任委員王顯臣叔叔，他是地方仕紳，磚窰廠老闆，夫妻倆都為人正直、熱心，與父母親交好，父母親的後事也都由他主持，重建過程王叔叔來告訴我：「景鵬，爸爸媽媽在世時和太子爺結緣很深，叔叔想說，把這個緣分繼續留給您們五個兄弟姊妹。」現在太子爺廟入廟前的兩根柱子便是由我們五個兄弟姊妹敬獻，這也算是為父母親四十年的虔誠留下永恆的印記。

後記——再續來生緣

我與父母親的情分僅有二十餘年，常常撫今追昔，心中有許多遺憾，一是總嘆父母此生太短，雖然家父母離世之際均極為安詳，但卻都在意料之外，走得突然，作為人子卻未能在父母親生前略盡一分一毫的孝心；二是父母親一生的勞苦，換來的卻是無福享受人間的子孫天倫之樂。上了大學和研究所，仍然還是少不更事的我，求學時期需要從知本到臺東火車站，父親常常騎著摩托車，載我的途中總是耳提面命，諄諄教誨，出門在外，吃穿用不能省，按時報平安，努力念書，鍛鍊身體，父親也常以書信惕勵再三。特別是若有任何運動傷害，必須妥善處理，以免年長產生許多後遺症。由於年輕，並不懂父親的用心良苦，及至自己漸漸年長，方知其中緣由。那時，家中附近的山上青林一帶，住著一位臺籍的民間整骨師叫做林莊阿伯，可以說是家裡的骨科專用治療師，我們都稱呼他歐里桑，父親常常帶著我去給他整骨，家中也常常會有他親自浸泡的藥洗，非常管用。

父親生前我曾經主動向他要的獎賞有三件，一是小學三年級考了全班第一名，父親送了一輛小小腳踏車，我從走路上學一時之間便成了有車階級，很拉風；二是小學六年級的時候，有天看到父親手上正在數錢，看著父親一張一張地數著鈔票，以前從來沒有見過這麼多錢，我天真以為父親賺了一筆錢，便向父親開口為我買一支手錶，這一支手錶我一直戴到大學畢業；第三件禮物是溜冰鞋，小時候我可還是溜得不錯的，當然摔跤的次數也不少！其他的籃球、棒球等跟運動有關的，父親可是大方得很。

由於我是早產兒，幼時身體較為孱弱，父親為了鍛鍊我的身體，便要我參加知本國小的柔道隊，當時的教練林三連老師便是父親在美和國小服務時的同僚，人高馬大，訓練極為嚴格，在兩年的學習過程，每日早晨六點半至七點半是練習時間，我專攻的招式是大內割（O-UCHI-GARI）、過肩摔，每日練習一定是用腳踏車內胎練習腰力，我們還去過其他縣市比賽。柔道的訓練讓我在不經意摔倒的情況下，可以很自然地反應，用雙手抱頭撐起頸部避免傷害。

父親一生教導我影響最大的莫過於他的身教，父親修養極佳，不曾見其發脾氣，生氣自然是有，我雖然乖巧，但也有犯錯的時候，父親對我極致的處罰就是責罰與跪罰，用意自然是反省。父母親年輕時候為了家計生活什麼活都幹，加上五個孩子年幼無知，經常會去黏煩父母，母親年輕時確實較有脾氣，但仍不見父親回嘴，一般都是靜悄悄地聽母親的牢騷。我是五個孩子中較能察顏觀色者，一般見父母繁忙之際，絕不再去煩擾，因此，我所受到的訓斥自然較少。母親一生中對我最受用的一句話便是：「人生在世，待人接物處世最重要就是風評。做得好，自然有人稱揚，做人失敗，便是想藏也藏不住，壞事傳千里。」因此，「風評」這兩字便成為我一生中謹記在心的處世金律。不過，說得容易，想做到卻是努力一輩子的功課與修行，都尚且難以圓滿。

隨著兒女的成長，父母親的辛勤，家計生活有些好轉改善，家兄考取了藥劑師，家姊則一路從公路局金馬號車掌到了臺北永琦百貨工作。高三的時候有天我放學回家，家裡居然擺放了一臺四聲道音響，在我們鄉下這是一種奢侈，沒有想到這竟是母親為我們購置的，原因是家兄年輕時在外求學喜歡跳舞，也會把西洋樂曲帶回家中放給大家聆聽，母親索性也搭著順風車跟著年輕起來與孩子一同成長。重點是，我發現母親從我念高中時期，整個人的脾氣完全迥異於以往年輕時的盛氣，變得輕聲柔語，後來我才理解到母親是認為孩子們長大了，相處之道也要與時俱變，便從訓戒轉為聊天善誘，母親的調整如此自然而又暢快，真了不起，這和她樂觀活潑的個性有關。

父母離開人間已逾三十餘載，多次入我夢裡聊天，每回夢醒，我就會到其照片前輕聲地說一聲謝謝他們回來看我。在德國念書時，有次夢見父親穿著西裝革履回到知本老家二樓告訴我他回來了，看來父親在天堂日子過得不錯，同一個時間母親也回來，但卻告訴我她的日子過得有些困窘，夢醒後我便立即打電話回國給家兄姊，請他們趕緊給母親送些金紙，免得她挨餓受凍。走筆至此，如今的我也即將邁入耳順之年，感佩於父親的一生智慧、勇敢和一輩子的叮嚀，感恩於母親偉大、無止盡的奉獻，昊天罔極的父母恩德。此生竟無以回報絲毫，期盼來生再結父母子女緣，唯願日日像駱賓王〈上廉使啟〉所述：「承歡膝下，馭潘輿於家園。」一九四九年父親告別家鄉，踏上臺灣的旅途，大時代的悲情，從此徒然懷抱永遠的鄉愁。一九四九—一九九〇年間尋岸臺灣新天地，成家立業，謝謝母親，家有五寶，開枝散葉，人生無憾。

本文作者

朱景鵬，德國基森大學政治學博士。曾任花蓮縣副縣長、行政院研考會主委。現任東華大學公共行政學系歐盟莫內講座兼副校長。興趣閱讀、旅遊、聆賞音樂。

我的父親大江大海

馬遠榮

楔子——黃頭髮

幼時某日，母親說：「當時見到你爸爸好像外國人，頭髮黃皮膚白，眼珠子顏色淡淡的。」

「為什麼？」心中不解地向在旁的父親問道。

父親回覆：「大概在貴州家鄉吃了許多包穀之故！」

「那現在頭髮怎麼變黑了？」繼續追問。

父親笑笑說：「不吃包穀就變黑了。」

「那我現在也要吃包穀，天天吃！」發誓般地大聲道。

原來從小也覺得頭髮黃皮膚白好看，再配上一雙淡淡的眸子，豈不美死了。殊不知這是食物缺乏，導致營養不良所致。現在自己年過半百，頭髮才出現黃色，和著黑白兩色一起成了雜毛。眼珠顏色從未變淡，老眼只是昏饋而已。

豔麗的黑白照片

父親濃眉大眼、身材高䠷，比同儕高一個或半個頭，著軍裝時自有一股英姿颯爽的氣概。曾見一幀幀黑白照片，父親戴著雷朋墨鏡，帥氣地與一些濃妝豔抹穿戴著京劇服飾的豔麗美女在大太陽下合照。

「她們是誰？」不解地問道。

父親回說：「是藝工大隊。」

「怎麼跟電視裡的人很像？」疑惑地喃喃自語。

父親恍然一下說：「喔？就是她們，有的在臺視，有的轉到中視。」

「哪您怎麼不去當電視明星？」質疑地問。

父親稍微猶豫地回道：「不穩定，也不知能不能做得長久？」

那時父親任藝工大隊隊長，領著大隊去各地勞軍，所以有合照機會，但這點好處在往後夫妻不愉快時，就會成為一個引爆點。

在幼小的心中有個疑問一直沒問，想問父親為什沒和那些美女在一起？反而和臺灣出身的母親結為連理。其實就算父親還在，可能也回答不出來，一切都是緣分罷了。

某夜，父親拿著炒菜鍋，將所有與美女合照照片投入，一把火給燒了。小小的年紀有些詫異，不知道為什麼要燒，留著不挺好？可能是父母親剛吵架後才有的衝動之舉。

往後凡看見京劇小旦，就會想起那些灰飛煙滅的照片，反正任誰最後都會灰飛煙滅，就留在記憶中吧！

父親的味道

以往沒有禁菸觀念，隨處都可以抽菸。臺灣省菸酒公賣局出產的長壽香菸二十支一包，十包為一條盒，挺濃挺嗆的，但當時四個吸菸者就有三個抽長壽。印象中軍官可以每月配給四條長壽香菸，包裝盒紙都是黃色的，應該是求長命富貴之意。對父親而言，卻是老朋友，至死不離。

我的父親。

母親常抱怨父親脾氣大、愛生氣，故每當父親不愉快時就會到村中巷口抽著長壽菸；父親無聊或夜晚乘涼時，也會抽著長壽菸思鄉解悶，所以從小父親的味道，就是長壽香菸的味道。

「爸，您一天抽幾包菸？」看著父親吐出的菸圈裊裊上升，而問道。

父親回說：「一天一包吧。」

「爸，抽菸對身體健康不好，易得肺癌，戒了吧！」勸戒地道。

父親微笑地說：「香菸是老朋友啊！」

所以當年英國留學回臺省親，都會於機場免稅商店買兩條長壽香菸給父親，因為買什麼其他東西，父親都會覺得浪費，唯有長壽香菸才能得他歡心。

父親視香菸為老朋友，卻不知老朋友漸漸地要他的命。二○○三年十一月五日，父親在公園摔了一跤，他不以為意地爬了起來，沒想到這一跤卻非常要命。

七十六歲的父親體力忽然衰弱，不像以往般的生龍活虎、聲如洪鐘，這種狀況讓做兒女的我們感到困惑。為何生活規律、常做運動、喜歡參與同鄉活動的父親，不時感到虛弱而在家休息，哪裡也不想去。

原來父親早因長期抽菸得了腹動脈瘤，長達七公分。血液從腹動脈瘤的破裂處流入腹腔中，這是為什麼常感虛弱的原因。跌倒後的父親回到家中後，一直虛弱地躺在床上休息，吃飯也無胃口。到了晚餐時間，腹部與背部感到疼痛，母親與弟弟才察覺狀況不對，緊急將父親送往臺北榮總急診。經醫生診斷後，父親血液已全部流進腹部，血壓數值只剩四十不到，已無法開刀挽回其生命。其實這時父親的心裡也極度驚恐，不肯接受這項事實，吵著要回家，還想要用僅剩的力氣掙扎下床。

已信主的弟弟這時做了一個重要的決定，緊急聯絡牧師來為父親做臨終的禱告。

父親十七歲時，為響應「一寸山河一寸血、十萬青年十萬軍」的對日抗戰號召，就毅然決然隻身離開故鄉，投入從軍報國的偉大行列。一九四九年大陸風雲變色，部隊就地解散。父親由上海外灘搭乘漁船出吳淞口，先抵達舟山群島，再輾轉廈門、澎湖等地。歷經千辛萬苦終至高雄鳳山，爾後於臺灣數十年間，從未信過主，也未求過任何神佛，全憑自己不怕天不怕地的一股血氣之勇在臺奮鬥，所以傳福音給父親幾乎是不可能的任務。

牧師到醫院時，父親已插管無法言語，睜大的眼睛仍訴說心中的驚恐。當牧師按手為父親禱告後，父親的驚恐似乎慢慢平息，眼睛也漸漸閉上，安詳地入睡。牧師尋求當時還是信仰一貫道的母親的允許，於臨終前為父親受洗。父親受洗時眼睛忽然張開，微點著頭並流下眼淚。父親臨終受洗，成為最幸運的基督徒，因為他的靈魂有了天堂的去處。

往後經過機場的免稅商店，都會進入看看在貨架上黃色包裝的長壽香菸，並湊近前去聞聞那屬於父親的味道。

克難街

父親貴州小同鄉徐叔叔常來家中小酌敘舊，母親總會張羅幾道臺灣菜款待，好讓父親和徐叔叔下酒論時勢、說說故鄉事。徐叔叔單身，寄居位於植物園中國立編譯館的資料庫裡，只有一張床和簡單的盥洗用具，直到退休。徐叔叔很愛幼時的我，常抱於膝上逗弄。屢次要認乾兒子，但父親總不肯，全因我是長子之故。

徐叔叔騎著黑色舊式單車，從南海路出發，陸續橫過和平西路、三元街、汀洲路、詔安街，直到南機場公寓旁的中華路始接上克難街。克難街路小蜿蜒，於一九九三年起分別更名為國興街、青年路、萬青街等。徐叔叔會在新和國小附近的市場買些下酒菜，或是彎進臺北韓國學校旁的小巷子買塊嫩豆腐，因那裡有家製作豆腐的工廠，清晨時上學時總飄逸著發酵味，而妹妹同學藝人田麗的家就在隔壁。到了克難街街尾的崇仁新村，記者吳小莉的家就在村頭。那裡設有鐵欄杆圍路障，徐叔叔必須抬起單車過路障。為了抬車，有時竟把買的下酒菜或嫩豆腐給落在地上。食物沒了、地弄髒，怎麼辨呢?什麼也不能做，只能咒罵幾句，如便宜狗兒之類，竟自揚長而去。

我們家在村尾，三層樓公寓式的連排建築，徐叔叔必須仔細辨認尋找，才能找著二樓我們家的樓梯。我們家甚為窄小，但麻雀雖小五臟俱全，有客廳、臥房、廚房、廁所。那時眷村都是一層，這種三層樓的眷村全臺僅見。樓上三樓是前市議員璩美鳳的家，她小的時候總是綁著兩條辮子，甜美可愛，很會唱歌。

父親和徐叔叔總是談論家鄉與抗戰之事，談及傷感時，互舉杯高粱一乾而盡，頓時淚流滿面，不知是被嗆的、還是心裡難受。有回問父親和徐叔叔為什麼離家?父親表示離開家鄉是為響應抗戰，跟著一群同鄉走一個多月的山路，從貴州鄰近雲南的家鄉盤縣，走到北方鄰居四川重慶的青年軍基地——綦江橋，而徐叔叔則是在家附近的路上被抓兵而離家。

父親的部隊在抗戰勝利後，因政府裁軍不發餉，整個美式裝備部隊在上海外圍就地解散，武器裝備下落不明。正當不知如何是好之際，碰到另一位貴州同鄉竇叔叔，就參加竇叔叔的部隊，一則有了庇蔭，二則有口飯吃。竇叔叔的部隊在上海外攤分別搭乘數艘漁船出吳淞口，先抵達舟山群島，再輾轉廈門、澎湖。據父親說在廈門時得了瘧疾，時冷時熱地打擺子數日，覺得可能過不了此關，索性將身上僅存的一枚袁大頭全買冰吃，吃完後病竟然不藥而癒。若是用此法真能治瘧疾或新冠病毒，豈不人人歡迎、皆大歡喜。

而後船至澎湖數日，父親被部隊留置澎湖守備。當船開拔出航臺灣時，父親一個箭步跳上離岸約有三尺的船，讓大夥傻眼。

「爸，為什麼要跳船？不危險嗎？」我幼稚的聲音問道。

父親堅定的語氣回說：「都來到這裡，為什麼不去臺灣？」

船到了高雄港，即被要求全船繳械，方能上岸。竇叔叔的部隊豈肯服從，因怕被臺灣部隊給一鍋燴了，所以全船就在高雄外港餓了三天三夜，不能上岸。民以食為天，竇叔叔的部隊只能服從，繳械上岸。據父親說，大夥上了岸就拚命到處找吃的，全無軍紀可言。

這是父親來臺的經歷。而徐叔叔來臺的故事全然不同，他是一路被抓兵一路逃兵，又一路被抓兵一路逃兵，這樣一路抓一路逃最後竟至臺灣來。徐叔叔說到此事，就憤憤不已、兩眼汪汪，因為他完全不想當兵，只想回家去看娘。可命運捉弄，徐叔叔母親在他被抓兵不久之後就病死，這是在開放探親後才知。徐叔叔得知之後痛哭失聲，絕了回鄉之念。因故鄉僅老母一人，老母沒了，就算回去也沒什麼親人要看。徐叔叔最後於桃園榮民之家去世，我因在英國留學之故，竟未能替他送行，甚憾！但記得每回宴罷，父親牽著我在村口送徐叔叔，看他吃酒乏力地踏著腳踏板，都會說：「叔叔小心，慢走！」直到他回首揮手，消失在轉角的路燈處。

父親與徐叔叔來臺方式不同，人生的際遇也不同。就如蜿蜒的克難街上的眷村，人人都有他們克難的故事，可秉燭夜談、可把酒暢言、可高歌訴情、可低咽傾吐。但相同的是，大家都死於臺灣，長眠於臺灣，成為臺灣的一部分，也遺留後代於臺灣，成為臺灣的未來。

國慶

「馬隊長！您太太快生了，要不要回家一趟？」某連絡兵敬禮問道。

父親怒道：「這時候出來，定要打他的小屁股！」

母親清晨一早肚子不時陣痛，心中覺得不妙，因為前一晚才跟父親說，不要明天雙十節生。而母親肚中的我跟父母親搗蛋似，偏要在國慶日出生。那時父親任憲兵隊少校營長，負責總統府禁區戍務。當時為雙十國家慶典緊要關頭，戰車部隊、飛彈部隊、學生隊伍才從總統府前閱兵臺通過。

好不容易捱過重要時刻，任務圓滿達成。父親向長官報告妻子即將臨盆，部隊緊急派吉普車直送父親去三重租屋處接正在陣痛的母親，隨後不才的我於現在的臺北市立和平醫院，當時的三軍總醫院出生。爾後的每一年，國家為了慶祝我的誕生，都會在我的生日那天掛國旗大肆慶祝。白天舉行國慶典禮，典禮不是閱兵就是遊街，好不熱鬧。晚上還斥巨資施放煙火，並隆重地邀請各國貴賓前來臺灣參加國慶酒會，真是備極榮寵。父母親總會買個蛋糕，請鄰居家的小朋友來慶生。村中的同學們滿捧場的，因為一來國慶夜晚無事，功課早做完，二來當時蛋糕還算稀罕物，不是常常可以吃得到。父親於生日叭總會說：「生日會長尾巴，要打小屁股，就不長了。」心中直覺不可能，至今依然不知生日長尾巴的由來。父親因此給我取「國慶」為小名，而母親很認真地按農民曆，自算筆畫、參考凶吉，選定「榮」字為學名，應了上述國家慶生情節。而中間「遠」字源自南宋末期的馬家族譜，族譜譜系最遠可追溯東漢初期伏波將軍馬援。「國慶」小名一直在眷村中被大家稱呼。直到上小學，衣服繡上學名「馬遠榮」三字，大家才知我另有其名，十分驚奇與羨慕。

父親三十八歲生子，算是老年得子。母親常說那段時間，父親回家進門之前，就會在大叫：「國慶！兒啊！」喜悅之情溢於言表。果然父親自生兒子之後，運勢頗佳，先是中愛國獎券新臺幣兩千塊錢，而後很快地分配到崇仁新村宿舍，住進一間二樓十坪不到的小套房。崇仁新村位於克難街底，與馬場町比鄰。而後母親於三年內，又生下妹妹和弟弟，生活頓時變得有些吃緊。然而每當父親下班回家時，兄姊弟三人就會到村口等父親，遠遠地一見到父親影子，就會一起衝向前去，抱著父親的腿，這是父親最快樂的時光之一。

馬場町南濱新店溪，於日據時代名為「臺北練兵場」，以操練騎兵和步兵之主。一九九〇年前屬古亭區，而後劃入萬華區。於戒嚴時期馬場町的河岸，槍決許多匪諜與政治犯之刑場，為白色恐怖時期的代表。然馬場町的河堤對幼時的我而言，卻是父親和我們兄姊弟三人的樂園。父親常在黃昏之時，帶我們在河堤上玩耍，邊抽著長壽菸邊看著我們衝上衝下地跑來跑去。

一九七〇年代崇仁新村旁的鐵道兵團移走，軍營改建一批五層樓公寓，和一所騎馬俱樂部，養著數十匹不同品種的馬兒。父親常帶我們兄姊弟三人看馬兒吃飼料、師傅修馬蹄。那時還小的我們不太敢接近馬群，只要馬用力踢腳或粗氣喘息，我們都被嚇得跑的遠遠的。可父親不但不怕，還會摸摸馬頭，拍拍馬背，絲毫不以為意。河堤外設有一跑馬場，專為騎馬俱樂部而用，父親也會帶著我們看馬跑步，直到夕陽下，我們也像馬兒般用光力氣，才漫步回家。而母親也已準備好晚餐，就等著我們。

「媽，您是怎麼認識爸的？」好奇地問道。

母親回覆：「就是到憲兵學校的福利社工作，認識你爸的。」

「那就喜歡上爸？」繼續問道。

母親靦腆地說：「那時有許多人追，但就是喜歡你爸。」

「喔！」有點驚奇又有點不驚奇地。

母親回憶地說：「你爸很會唱歌，唱〈綠島小夜曲〉給我聽。」

「綠豆宵夜去？」幼時不解風情地說。

這彷彿軍教片中福利社的劇情，早就發生於父母親身上。當然，這些追求者無不使心計、手段，欲求得年輕貌美母親的青睞。但貌似外國人的父親，還是擊敗眾情敵，贏得美人芳心，大概全憑這首〈綠島小夜曲〉。這首父母親的定情曲創作於一九五四年，描寫戀愛中的男女傾訴心情，期待又怕受傷害的感覺。由當時在中國廣播公司工作的周藍萍先生作曲、潘英傑先生作詞。這裡的綠島不是指臺東外海的綠島，而是指臺灣。當然幼時懵懂無知的我，還不知男女的情愛，更不知曲中的含義，但〈綠島小夜曲〉造就許許多多的芋仔番薯的出生。

想來父親唱〈綠島小夜曲〉時是多羅曼蒂克的氣氛，令母親十分陶醉。母親為臺北縣三重埔人，當時年紀輕世面小，面對貌似外國人的父親十分傾心，儘管他們年齡差了十七歲，還是願意跟私定父親。這惹得大舅十分不悅，還曾打過母親，警告說要就不能反悔，因怕母親若反悔，外省人的父親會拿槍將母親娘家全部槍斃。當然大舅擔心的事都沒發生。

父母親婚後，大舅和母親娘家的人對父親十分友善，而父親也非常喜歡母親的娘家。每當萬華、三重埔大拜拜，父母親就會帶著我們去吃流水席，大舅和母親娘家的人一見到父親，都會用閩南語喊著「馬ㄟ」。這位操著濃厚的貴州口音的「馬ㄟ」也非常喜歡與舅舅們燈下吃酒划拳，好不熱鬧，而我們小孩則喝汽水，於餐桌間鑽來跑去，直到宴罷人散隨父母親找車回家。

歌喉好會唱歌很重要，不但可以娶到美嬌娘，也可在各處謀得人人稱羨的好康。事實上，父親自幼喜好音樂、歌喉嘹亮，小學即被選為歌詠團員，於大街小巷吟唱愛國歌曲，提振民心士氣。更因其美好歌聲，考入貴州省盤縣師範學校，入考官以「音調準確」、「音量充沛」、「音域寬宏」、「音色優美」等四大評語，給予最高分數。父親一九四九年來臺後即於高雄鳳山陸軍儲備軍官訓練班擔任康樂官，隨後也於藝工大隊、憲兵隊、憲兵學校擔任康樂官，一直到退伍。父親很有指揮架式，常在大部隊前起音帶頭唱歌，好不威風。可惜我遺傳到母親的五音不全，唱歌容易走調，這點遠不如父親。

父親常說：「兒啊！歌你是不會唱的，但讀書看起來還行。你若繼續讀書，我會全力供應你。」

「嗯！」有點不服氣地點點頭回應。

父親繼續說：「若是不要讀書，就要有一技之長，學個什麼的，就算當學徒也行。」

「……」無語地看著父親。

父親看我沒回應繼續說：「要不然考普考，謀得一差半職。」

「我會好好念書的！」兩眼看著父親，堅定地回覆。

而後父親果然實踐他的承諾，在我求學之路一直供應。一九九八年到拿到博士學位，回應父親的承諾。孔子對曾子云：「身體髮膚，受之父母，不敢毀傷，孝之始也。立身行道，揚名於後世，以顯父母，孝之終也。」想來應該如孝經所說，已經盡了孝道了吧。

父親命危時，醫生打了三劑強心針，為了等我從花蓮趕來臺北榮民總醫院。一進病房，父親就安然嚥氣離世。看著睡著般的父親，淚水不斷湧出，腦中畫面盡是父親叫著坐在三輪玩具車的我：「國慶！兒啊！」

父親走後的第七天，夢見變年輕的父親身著短袖襯衫西裝長褲，腰間皮帶右側繫著雷朋太陽眼鏡盒，微笑看著我，感覺非常夏天。看見父親，心裡突然意識到什麼，上前抱著父親哭。父親保持微笑讓我抱著他，彷彿中又聽到父親的聲音：「國慶！兒啊！」

後記

感謝朱嘉雯教授邀請，參與這次寫作，主要是應陳復教授有一次於東華大學舉辦「克難街兄弟姊」座談會而引起。若是沒有朱教授的邀稿，也不會用文字紀念父親。

事實上，接到邀請到接受邀請之間，心中頗為掙扎，因為於學校行政、研究、教學等工作繁雜，幾乎沒有什麼時間與餘力寫回憶文。然因妻子的祖父三年前願意捐出大體作無語良師，近來出殯，想起他生前的種種類似父親生平，才毅然而然，用文章追思父親，也憑弔妻子的祖父。

妻子的祖父杭州人，也是於一九四九年左右來臺，來臺之前隨部隊於跑遍大江南北，最後來到臺灣。其人風趣幽默，凡事樂觀，所以壽高九十六歲，壽考善終。他的大江大海故事也是精彩絕倫，可惜相處時間不長，未能聽全。

追思先人，無非描述其外貌、生平、個性、親友，與事件等，所以在「楔子」一節中，用父親的外貌來破題。父親頭髮黃、皮膚白，好像外國人是給人的第一印象，而且印象深刻。於「豔麗的黑白照片」文中，合照則顯示父親的帥氣與好人緣，但當合照成為灰飛煙滅時，代表反攻大陸的無望。這些一九四九年從大陸而來的老兵，已經體認三年準備五年反攻是不可能，雖然他們仍想念著故鄉，然而必須接受長期待在臺灣的事實。

「父親的味道」是大家的共同味道，也是一股濃濃的懷念味道。藉由父親的老朋友——長壽香菸述說父親的一生。敘述父親為什麼從貴州家鄉離鄉背井出來，和父親的終局，雖然很平淡，卻是大部分老兵的結局。這可以從臺灣每一座軍人公墓的墓誌銘或旌忠狀上的描述，而知他們如何而來，如何而逝。

「克難街」是當時臺灣最大的眷村聚落，沿街有各式軍種的眷村，來自大陸各省操著不同方言的軍人或百姓，也是小時候重要的回憶標記。藉由徐叔叔沿著克難街騎單車來訪，回憶消失的克難街，也藉「克難街」一節替徐叔叔送行，以消弭當年未能替徐叔叔送終的遺憾。也以此文感謝相助父親於江湖的竇叔叔，若沒他帶父親來臺灣，就沒今天的我。還記得父母親曾帶著我們兄姊弟，在各處找尋竇叔叔幾次，不是查無此人便或早已搬離，恩人的杳無蹤跡著實令父親終身遺憾。

「國慶」是此篇重中之重的一節，雖是紀念父親，也記錄自己小時候快樂時光，卻將個資洩漏無遺。出生於國慶日最大的甜蜜負擔，是生日來時大家都記得，所以自小就有慶生會。父親會準備一塊頗大的蛋糕，上面塗著厚厚的奶油。其實父親一直都很儉省，卻對兒女很慷慨，於子女教育經費上從不手軟。雖然父親期望很高，可從不逼迫我們念書，只希望有一份自給自足的工作，不要啃老。小時候每次調皮被修理後，父親噢：「國慶！兒啊！」便正襟危坐地講人生道理給我聽，最後都講得我感動地淚流滿面，滿心慚愧。現在也身為父親的我，卻無此功力，讓我的兒他的孫子感動，這點我不如父親。

文章中大部分與父母親的對話都是六歲以前，嚴格說是三歲到六歲之間，也不知為何對小時候的印象非常深刻，若有機會再回憶六到十二歲之間的對話，也是一件美事。然而進入小學之後，學習壓力急增，快樂日子遞減。如今進入遲暮之年，希望沒有壓力，只有快樂！

本文作者

馬遠榮，英國諾丁翰大學物理與天文學博士。現任國立東華大學行政副校長、國際事務處處長、物理學系特聘教授。專長物理實驗、科普寫作，喜愛詩詞歌賦、琴棋書畫等，也喜各式運動。

終生實踐「之一精神」的父親

查重傳

父親出生於清光緒年間，成長於天津，六歲失恃，十七歲失怙，由兄姊帶大。歷經民國肇造、軍閥割據、五四運動、兩次世界大戰、抗日戰爭、國共內戰、播遷臺灣、經濟奇蹟等大時代，終生獻身教職及公職，在各個領域及崗位盡心盡力，從未懈怠。

由於家學淵源，父親自幼即在家塾讀《論語》、《孟子》、《學庸》和經書，隨著時代風氣漸開，父親進入天津民立第一小學就讀，四年初小之後，升入天津西門內城隍廟高級小學讀書。然後考入天津極富盛名的南開中學，南開張伯苓校長是近代著名教育家，教學嚴謹，每週排有「修身」課程，由張校長親自講授，鼓勵學生熱愛國家、為民服務的精神。父親非常珍惜在南開的時光，常說他生平「無我有人」、「服務為本」、「盡忠國家」的思想觀念，便由此肇基。南開的讀書風氣非常濃厚，要求智、德、體、群四育並進。提倡生活教育，訓練學生手腦並用，啟發國人救貧、救弱，團結奮鬥，革除惡習，培養學生救國救民，以「公」、「能」

為依歸，使學生化私、化散，為公犧牲，去愚、去弱，團結合作，服務社會。

南開對於父親影響最大的是出於內發的一種規律性，除了成績名列前茅之外，中學時曾被選為「自治勵學會」的會長，領導同學參加論文比賽、演說比賽等，頗有表現。由於自幼目睹八國聯軍侵踏的遺跡與租借地的不平等地位，父親認為欲使中國富強，必先從政治方面謀求改革，乃考入南開大學政治系，大學時期參加「政治學會」、「國語演說會」以及擔任「學生會」委員長，展露領導才識。張校長要全體學生養成健身、鍛鍊的習慣，以推翻中國人被稱為「東亞病夫」的汙名，父親從中學起就養成早起跑步，練習八段錦及田徑，對他健康長壽奠定良好的基礎。

南開大學畢業後，父親鑒於列強的不平等條約束縛著中國未來的命運；要解除不平等條約，必先收回法權，收回法權，必須從法律著手；乃再考入東吳大學法學院攻讀。無論在南開或東吳，父親都是品學兼優的學生領袖，深受師生肯定。學成後負笈美國密西根大學法學研究院深造，以優異的成績榮獲法學博士（J.D.）及法理學博士（S.J.D.）學位。旋即返國，初任安徽大學法學教授，中央大學國際私法教授，當時的司法當局因其法學精湛，延攬權任司

民國十五年父親南開大學畢業照。

法職務，從此展開長達六十年的教育及公務生涯。曾擔任上海第一特區地方法院推事兼書記官長；民國三十二年英美「領事裁判權」撤銷後，政府成立重慶實驗法院，奉派充任首任院長；抗戰勝利後，上海（南市）地方法院、公共租借、法租界三院合併為上海地方法院，當局再畀予院長重任。第一件美國人及第一件英國人為被告的案子，都是在父親任內經辦，數十年來投入處理華洋司法實務，這是他念法律的初衷，更是終身奉獻國家的作為。

民國三十八年，父親隨政府來臺，攜家帶眷住在臺北市新公園（現二二八公園）附近的三葉莊旅社一間像炕似的榻榻米房間。當時局勢混亂，國力艱難，百姓生活不易，但慶幸全家平安團聚。直到接受臺大校長傅斯年聘為法律系教授，生活方始安定下來，次年重返公職，一生堅持知識分子的風骨，直到辭世。

父親是一位傳統的讀書人，謹守儒家思想及倫理道德，教育我們兄弟最常用的詞彙是愛國、孝順、厚道、感恩、寬恕、積德等。他特別強調做人要心胸寬大，不要計較小事，要懂得原諒別人，做人首先必須孝順父母及愛國；孝順及愛國是相輔相成的，孝順是中國人必須具備的美德，而不孝順的人是不可能愛國的，愛國之人必定孝順父母。父親講過最多的歷史人物是岳飛、文天祥及范仲淹，都是歷史上愛國的知識分子。岳飛的〈滿江紅〉、文天祥的「人生自古誰無死，留取丹心照汗青」、范仲淹的「先天下之憂而憂，後天下之樂而樂」，都是父親諄諄教誨我們及自身劍及履及的典範。

父親對人對事充滿悲天憫人胸懷，秉持愛心、耐心、公平教導學生，以教育為最高理想，從事司法工作亦以教化為先，推動法治教育與人權保障不遺餘力。有多次記者問父親他的成功訣竅是什麼？父親總是回答「吃古時候的草」和「之一精神」。古時候的草就是一個「苦」字，簡單易懂，要肯吃苦、能吃苦。「之一精神」是父親所自創，他認為：「一個人的生存，應該有所抱負，並有崇高理想，竭盡一己之智能，貢獻人群社會，養成盡其在我，自強不息的朝氣。」就是去做對的事，哪怕是只能貢獻百分之一，甚至萬分之一的力量，也要去做，眾人都盡一己之力，發揮團隊精神，就可以把事情做好。

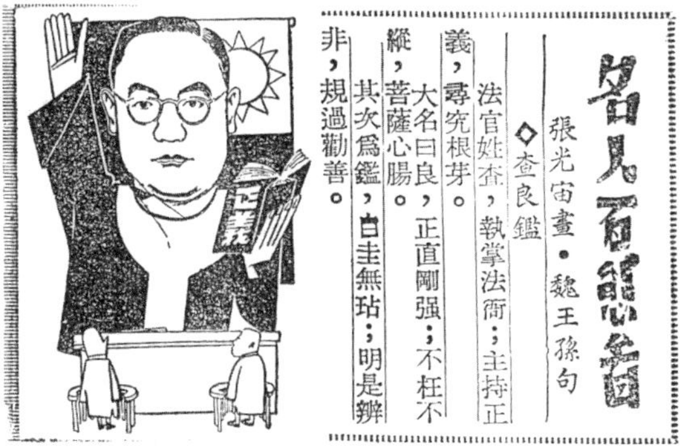
名人百態圖

張光宙畫・魏王孫句

◇查良鑑

法官姓查，執掌法衙；主持正義，尋究根芽。大名曰良，正直剛强；不枉不縱，菩薩心腸。其次為鑑，白圭無玷；明是辨非，規過勸善。

民國三十六年十月五日的《上海鐵報》。

父親個性樂觀、積極、具有強烈的正義感和愛國心，沒有不良習慣，一生從不賭博、不抽菸、不喝酒，除了讀書、散步、偶而欣賞平劇外，沒有其他娛樂；喜愛讀書是父親的好習慣，平時節儉的他，買書絕不心疼，以致家中書堆成山；我們兄弟自幼耳濡目染也都養成讀書、買書的習慣，這是我們最寶貴的遺傳。

父親自律甚嚴，生活規範每天六點一定起床，到中正紀念堂散步，打太極拳、八段錦，然後回家吃早飯、看報紙，準時上班，中午回家吃飯，稍微午休一下再去上班，直到七、八點之間回家吃晚餐，飯後，批公文或者親筆寫信直到約十一點睡覺，數十年如一日，這不僅僅是習慣，更是一種自律的堅持。

父親從不強迫我們跟他一樣，他只是示範、鼓勵，以身教言教做為榜樣，希望我們能夠自動自發的養成好習慣。我們難免調皮偷懶，他很少大聲指責我們，管教我們總是引經據典，用四書五經裡的話來「教導」我們。並常指點我們要坐有坐相、站有站相，他自身一絲不茍，即使是大熱天家裡沒有外人，他依然著裝整齊，正襟危坐。

父親的二哥（良釗先生）隻身在臺，兄弟倆手足情深，平日兩老以下象棋為樂，假日則喜歡到戶外走走，榮星花園、指南宮是常去之所在，在接近自然生活中開懷暢笑，盡滌塵世煩囂。每年元宵節他們一定帶我們兄弟去龍山寺賞花燈、猜燈謎，有時唯恐人多走散，特地買兩個氣球，以便在人群中尋找對方，兩老真誠相待的情誼，深深影響著我們兄弟四人。

父親從小在天津長大，喜愛麵食，常帶我們去中華商場的點心世界、一條龍、周胖子、清真館、山西餐廳等，遍嚐各式麵點，如餃子、蒸餃、鍋貼、貓耳朵、韭菜盒子、豆腐腦（豆花），都是我們全家的最愛；有時在特別的日子會去真北平，致美樓或都一處，吃隻烤鴨配大蔥，現在想到都會流口水。吃餃子則一定要喝兩碗餃子湯，並且不斷強調「原湯化原食」，到現在喝餃子湯依然是我們全家人的習慣。假日時父親常帶我們到重慶南路買書，順便到衡陽路喝公園號酸梅湯和吃三葉莊冰淇淋，在當時那是極大的享受。

有時中秋節父親和二伯父會帶著我們全家去碧潭賞月，帶上月餅、柚子、瓜子，搭乘客船，船家會沏上一大壺茶，由船夫慢慢盪到碧潭中央賞月；二位老人家會即席吟詩作對有關中秋的

▲民國四十五年父親與查良釗先生（左）在家下棋對弈。

▼民國五十二年父親出席聯合國大會。

民國六十二年父親與查良釗先生（中）、查良鏞（金庸）先生（右）合影。

詩詞，當時我們難以領會這種閒情雅致，更不懂他們離鄉背井思念親人的鄉愁，只是很開心在徐徐清風下，在船上邊吃邊喝邊賞月，唯一害怕的是他們會要我們背誦有關月亮的詩詞，常常只能望月興嘆。

父親和母親都是虔誠的基督徒，家中牆上懸掛著聖經的經句：「愛是恆久忍耐，又有恩慈……不計算人的惡，不喜歡不義，只喜歡真理；凡事包容，凡事相信，凡事盼望，凡事忍耐。」在父親心目中，每一個人、每一件事，都是美好的，無論對人對事，都懷著悲天憫人的愛心。他認為只要大家都能做到林肯總統所說的「MalicetoNone，Charityforall」，好好待人做事，便能消弭社會上的戾氣，創造祥和而幸福的社會。

父親對於各種宗教信仰都很尊重，有時在做完禮拜後，帶我們去逛指南宮、孔子廟、關公廟，只是從來不燒香祭拜。父親告訴我們，指南宮供奉儒、道、釋三支，是中華文化及倫理的延續，我們必須去瞭解、去學習及奉行；孔子的儒家學說是我們做人處事的標準，關公是義，包括正義及義氣，道家強調的是《易經》八卦及社會倫理；基督教的教義不准崇拜偶像，但終極教義並不與儒、道、釋衝突。在這方面父親反映了他接受西方的教育及宗教，但是沒有排斥或放棄他堅守的中華文化傳統。每年除夕父親都會帶領全家祭祖，親自用毛筆書寫祖宗牌位，並且主持祭禮，祭祖必須穿著整齊，神情肅穆，除了感謝祖先們積德之外，還要祝福他們永享天福，並且祈求他們繼續保佑我們及子子孫孫。

父親的朋友遍及世界各國，平日書信往來即非常勤快，每年到了耶誕節及新年，都會親自寫賀卡，密密麻麻的文字總是布滿整張卡片，每次都要寄出一兩百張，家中亦放滿世界各地寄來的賀卡。幼時我們很好奇為何父親有這麼多國外的朋友，但很高興可以收集到各國的郵票，及長才知道父親曾多次代表政府出席許多國際會議，並曾兩度奉派出席聯合國大會特命全權代表。隨侍父親日久，慢慢理解他對待朋友的真誠，以及與朋友間維繫細水長流情誼，還有為國民外交盡一分力的用心。

父親一生以教育為最高理想，秉持愛心、耐心、公平的精神教導學生，無論身教言教、理論實務都能深入淺出、激勵人心；對學生愛護提攜，桃李滿天下，深受愛載與尊敬。進入司法工作，依然以教化為先，向來反對動輒以「亂世用重典」來改善治安，堅信：「法律的力量終究抵不過教育的力量。」一方面盡心於司法行政工作，一方面全力堆動法治教育與人權保障。

父親來臺後，先任臺大法律系教授，次年任司法行政務次長，長達十六年。期間曾銜命赴美辦理駐美軍購負責人侵占政府採購軍品之鉅款，歷時三年有餘，在美國、墨西哥、瑞士等國提起訴訟，為國家追回鉅款，更贏得國際聲譽，榮獲總統蔣公頒授三等景星勳章。之後曾擔任最高法院院長、司法行政部部長，民國五十九年獲聘為總統府國策顧問。

民國六十年，私立東海大學董事會遴聘父親擔任董事長，共達二十年，對學校發展奠定厚實基礎；並擔任「中美文經協會」理事長十六年，對中美關係之促進不遺餘力；另應美國僑界之推選，擔任「全美中華文化協會」理事長，對中華文化之闡揚與團結僑心建樹良多。七十多歲時曾連續十一年率團赴美出席「美國基督教福音傳播年會」，為推動宗教交流及國民外交奉獻心力。中美斷交時組團赴美拜訪各州參眾議員及朝野領袖，籲請在國會中支持中華民國，對「臺灣關係法」之制定亦盡催生之力。

民國八十年，「中國人權協會」理事會推選父親為理事長，當時他已八十六歲高齡，身體仍十分健朗，家人擔心他會過勞，希望他慎重考慮；但他常年來一直對人權之保障懷著極高的理想與抱負，乃欣然接受；並竭盡心力主持會務，面對社會之變化及人力財務之不足，相當辛勞，但仍不氣不餒全力以赴；他老而彌堅，為人權理想持續耕耘的精神，獲得大家的推崇。

父親查良鑑先生，字方季，祖籍浙江海寧。海寧為浙東名城，海山重鎮，地靈人傑。查姓可溯及周朝時期，起源於山東泰山一帶，之後遷移安徽、江西、浙江等地，以耕讀為務，形成「勤懇耕作、敦睦鄉里、以儒為業、詩禮傳家」的家風，文風鼎盛，名賢輩出。

父親終生實踐「之一精神」，在教育崗位上作育英才，在司法工作上教化社會，在外交工作上全力以赴，對基督信仰虔誠不疑，對家庭全心付出，一生俯仰無愧，為國為民，公忠體國。

臥病期間，父親親筆寫了箴言自勉：「把自己想成是這世界上最渺小的生物，那麼生活中既少

▲父親帶著競傳（右）、重傳（左）攝於植物園。

▼父親與競傳（右一）、滿一週歲的重傳（左一）、傳記文學社社長劉紹唐先生（左二）合影。

苦悶，又乏憂傷。因為與世無爭、與人無怨，自然煙消雲散。」淺短的幾句話，充分表現了父親的人格風貌。

民國八十三年三月十三日，父親與世長辭，享耆壽九十歲。

後記

東海大學於民國一一一年一月十一日出版「查良鑑董事長紀念專輯」，以紀念父親一生奉獻司法及教育的付出，並誌父親曾「建議訂立司法節，以紀念司法審判權之完整回復，並藉以倡導法律教育，號召國人養成守法精神。」（引〈追懷謝冠生先生〉語）蒙層峰同意，訂一月十一日為司法節以資紀念的努力。

查重傳完成於一一一年五月二十八日，改寫於一一一年八月二十八日

本文作者

查重傳，中國文化大學中山學術研究所法學博士。現任教玄奘大學社工系，參與許多非營利組織，從事志工服務，現為東華大學校務顧問。

輯二——岸與岸：渡海的故事

兄與弟

徐輝明

松年萬年

民初的兩男一女，生在皖南黃山腳下的普通家庭，老家「蘭渡村」有田，「休寧縣」城中另有錫品店「積林」，因為家中半商半農，始終期望兩男兒，老大「松年」及老二「萬年」，能藉由讀書出人頭地振興徐家名聲。

兩位兄弟進縣城讀書去了，老大天生優秀，在私塾時就名列前茅，文才嶄露，也在縣城讀書時獲得舉薦進了黃埔軍校十六期，抗戰時期更擔任收復家鄉的大隊長，之後國共戰鬥期間擔任地區黨國部隊指揮官。婚姻也是順利，娶了政戰軍官同袍，兩人生活美滿。至於老大在地方上施政口碑如何無從查證，當時除戰事外，鄉間不時有土匪占據山頭，部隊又要兼保警，想必既擔任家鄉居民之守護門神，普為鄉民所尊敬應不為過。同時也前後生了姊弟二人，可說天生英才、前途大好、婚姻美滿、家庭幸福，實在是天之驕子。

老二與老大一樣英俊瀟灑，但讀書表現極端不同，在學校就好勇鬥狠，最後因與校長吵架被退學，離校時還拉著妹妹「麗華」一起離開，妹妹因此成為半文盲。都說遺傳難以改變，但在兄弟間怎麼會發生這種基因突變的情況，也許就是這種突變可以讓人類一直進步吧。老二帶

兩兄弟及母親於抗日期間合影。

著妹妹回家後也正好繼承家業，協助老爸「徐金瑞」老媽「吳香花」開錫店。其實在徽商悠久的傳統歷史下，經商本就是好事，只是多數須離鄉背井出外打拚，當時的中國實在窮太久了，年輕人出外打拚可多了，但能功成榮歸故里者也寥寥可數。老二可留在家中經商是好事一樁，因為個性外向，又愛稱強鬥狠不怕土匪，常常被土匪抓了放，放了抓，還敢在山路上衝來衝去買米，也成功協助家庭賺了錢，生活過得不亦樂乎。

兩兄弟，一個從軍掌政，一個經商賺錢，各自發展，確實各有所成，令左鄰右舍親朋好友十分嘖嘖稱羨，都認為兩兄弟在家鄉裡能有所小成，必也能在好山好水的黃山縣城成就一番事業，為家族爭得好名聲。

狀元鄉

休寧縣是安徽省黃山市下轄的一個縣，位於安徽、江西、浙江三省交界處，是古徽州府一府六縣之一，被譽為「中國第一狀元縣」，自古以來便以山水之美、林茶之富、商賈之多、文風之盛而譽為「東南鄒魯」。

現今遊覽此地，可以看到富裕的大道及別墅成群，市區大器，令人不得不佩服歷古以來之商賈致富回饋家鄉。其實在臺灣一些村莊也有類似的情懷，年少離家致富之後光榮歸鄉，蓋屋榮耀家庭。此地之狀元博物館將中國第一狀元故鄉「狀元文化」陳列，可以看到休寧文風之勝，難怪古有徽商及皖派學派。更可看到讀書有成得到功名後就可入宗家祠堂，享受神明般的待遇，世世代代受到後世人供奉，難怪古人可以把書讀得這麼好，現在人只能徒呼負負。

該地每當出現了一位才子，眾人甚至願意籌資栽培其求取功名，這種做法即便在今天的大陸其他地區也常看到，一些考取北大、清華的窮苦農家子弟，由家鄉人籌資至北京就學，更可放入宗族祠堂，有點類似現在的金門，金門家廟宗祠文化濃厚，鄉人晉封將軍或是得到博士學位，也會舉行晉匾大典。這確實是一種很特殊的崇尚功名之傳統，也難怪古人會拚命博取功名，一旦有成後，真的是十年寒窗無人問、一朝成名天下聞。

在古老的社會裡，鄉民對於人才的共榮感，甚至願意集資栽培，這種做法真是不可思議。也就是這種儒家思想已在民族基因內，天地君親師的觀念才能深深地扎根，一旦成就功名後，那真是家族有幸，家鄉共榮，千古留名。所以也難怪這對兄弟也想努力有成，各走一路，官商分途，實在也是大時代下適才適所的做法。

兩輪立大功

抗日勝利後的四年間，在中國近代史上看來還算是安居樂業，但在時代變動還是很巨大，包含貨幣及金圓券的崩潰，金圓券在發行初期，國民政府以黃金、外幣兌換金圓券，並用以強制收兌民間金銀外幣，此給民間帶來巨大的經濟損失，恐是國民政府在第二次國共內戰失敗原因之一。

隨著通貨膨脹愈演愈烈，包括袁大頭在內的各種銀元又重新成為民間硬通貨，鈔票貶值到用麻布袋來裝，似乎到最後只剩下袁大頭可以信任。在鄉下如用金圓券收購米，跟速度有很大的關係，因為幣值天天在變，但是城鄉差距還是很大，往往城市出發的錢到了鄉下買米的時候，根本買不到一半米，但鄉下農民並不知情。老二的腳程快，常常搶得先機買到便宜米，盡速回來藉由自家錫店的買賣通路賣米，賺了不少。

因此該地興起搶買米之風，就看誰下的錢多，這又跟資訊的取得早晚有絕對的關係，取得新資訊的人較可能下高價，但相對地就會晚到農村，到的時候可能米都被買光了。老二想加快資訊的傳遞速度，特別跑到大城市上海，那也是他人生中第一次到上海，出大錢搞了一部腳踏車回來，利用腳踏車來加速競爭買米，因為幣值一直變化，所以用腳踏車可以最晚的時間出發，

▲老大夫妻於抗日期間合影。

▼兄弟與家中腳踏車於抗日期間合影。

但是最快的速度到達現場下單買貨，這一點不得不佩服老二積極投資的心態，確實有點徽商的基因在體內，也因此賺了大錢。當時最大的困擾就是車輛維修的補給，所以又花了大把的錢買了車輛維修的各式備品，一個內胎可補百次，到最後整條內胎都花到看不見原來的顏色，也是奇景。在那種通貨膨脹風雨飄搖的日子裡，竟然還可以賺大錢，這種發財的方式，如今看來也是頗為奇特。

子孫米

老二藉由兼賣米發達了錫店，賺了大錢，還想賺更多，對於買賣論斤論兩極端精準。由老爸與老媽在米店內秤斤論兩記帳收錢管理，外業就由老二騎著腳踏車到處收購賺價差，是另類的貨暢其流。當時其實大部分人生活是困苦的，不是人人能買得起白米，但人們還是愛面子，出去有時都把豬油沾在嘴上。現在人出去是嘴上擦口紅，那個時代是在嘴上擦豬油，好炫耀自己其實生活很好，有肉可吃，看來愛美和愛面子也沒啥不同。

鄉民到米店買米，都會帶袋子來買，只要看到老媽在，就不進店，直到看見老爸在，才會進來買米，久了就形成一個傳統。老二不知為何故，最終老爸才告訴他原因：裝白米是以碗裝入袋的，應以手刮平碗上米後裝袋，要是老媽在，就刮得平平的，但如是老爸在，刮了之後留下一撮不撥走，讓買者可占一點小便宜。在困苦的時代裡這一點到底是為了什麼呢？也許就像現在買菜一樣，買菜送個蔥蒜什麼的。老爸很嚴肅但不經意地說出這「子孫米」小祕密，並嚴禁老媽知悉，就當作留給自己後代子孫以米做功德，看來老爸也是頗有其人生智慧，用這種行為來傳承家風，也是一種很特別的家教。

徐氏德堂

祠堂存在是為安徽農村的重要傳統，世世代代長久經營，因同姓一族都居住同區，會有一座共同祠堂，也就成為共同社經中心，宗族老大便可以來經管這一座祠堂，如果有看大陸動漫，就可發現此種傳統似乎也存在大陸廣大之地區。當地人平時也沒啥樂趣，來祠堂聊天就是每天最大的樂事，也是消息的交換站，這是一種特有的型態，用祠堂的方式牢牢緊繫著族民之間的情誼與某種程度的規範，甚至家規族規都在這兒執行。

安徽人成長記憶最深刻的就是祠堂，一旦遠離他鄉有成後，也均會在各地開建祠堂。這有點類似臺灣客家人的三山國王廟，客走他鄉再相聚成群後就會蓋廟。所以很多人即使到了他鄉，都還會說各式各樣的祠堂小故事，再三叮嚀後代要努力，人生努力的最終目標就是要蓋宗祠。這兩位兄弟歷代祖先的祠堂位於他處之「安慶」，稱為「徐氏德堂」，兩位兄弟終其一生，未能重建「徐氏德堂」。

落跑

老大穿國軍軍服，腰繫皮帶，腳穿皮靴，一手馬鞭一手槍，在老家穿梭打土匪外也抗日剿共。國共內戰後期隨著共產黨的過江，局勢一發不可收拾，當時南北部隊對碰時，只要聽到槍聲，南方部隊就幾乎不戰而逃。老大知道大勢已去，也知道共產黨馬上就要進攻占據，且必然會成功收復，那家中老二必然不保，但也深知家中老父及老母不可無兒在旁，可若真的留下老二，必然被清算遭不測，於是就藉口請家中送錢來部隊，故意說不放心別人送，指明須老二親送，人到了之後就強行押人並立即走人。兄弟情深下，留下家中兩老、妹妹、老大的老婆及兩位子女（姊毛毛、弟三十），隨部隊一起落跑至海南島，再搭船至基隆。

落跑過程十分困苦，毫無戰鬥可言，就是暴走，為了吃飯極盡所能地奪取糧食，只能吃稀飯，還在稀飯中撒沙，讓大家不用搶，慢慢來。這一點和舊時臺灣新兵入伍時的場景有點類似，大家都是急急忙忙搶飯菜，打湯還要海撈，就怕吃不飽，在那個落跑時代也是同樣的心態吧。日後，兄弟均要求家人飯後下桌時，僅能說「吃飽了」，不准說「不吃了」，也算是一種補償心理。

落跑當時很多人身上都綁黃金，那真是人吃人的過程，沒有軍隊的保護，兩下就被幹掉了，真是恐怖。說來也真是諷刺，對比之前共產黨所謂的「兩萬五千里大長征」北到延安，國民黨也搞個「兩萬五千里大轉進」南到臺灣，兩兄弟的部隊隨着國軍敗退到海南島，雖然海南島當時仍在薛岳將軍的指揮下構築「伯陵防線」，並宣稱「伯陵防線」固若金湯，然終究局勢不可維持，兄弟倆也藉機隨部隊搭船到臺灣，在海南島上船時，你爭我奪的景象就真實發生了，不少人在最後階段被打下海裡，這樣極端恐怖的情況下，兩個兄弟卻也安然無恙地到達基隆，那一年就是一九四九年。

天堂路

兩兄弟到了臺灣，一個官、一個兵，兩個人都進了三軍總部，生活還算愜意。所謂一年準備、兩年反攻、三年掃蕩、五年成功，但全拋在腦後，老大在大陸的政戰軍官老婆因為懷孕，沒得機會一起到臺灣，不過老大條件好，長得帥，立馬娶了人生第二個老婆，更在來臺的五年內生了女兒懷了兒子，一家和樂融融。早早就放棄反攻大陸，在臺灣成家立業，打拚生活，培育繁衍。

老大終於有機會升大官了，於臺南陸軍步校受高級班訓，結訓慶功宴時喝酒過多，竟然洗澡溺斃！那個澡池高度也不過五十公分，事隔數十年後，兩兄弟的後人也都曾擔任軍職，並到同一步校受訓，在同個澡堂洗澡時回想當年的事，不勝唏噓，懷疑是喝醉淹死，還是……？

▲一九四九年兄弟抵達臺灣後合影。

▼老大於臺英年早逝，老二在臺孤身一人。

在那個時代，也許人命就是這麼不值錢，一個高級軍官就這樣草草結束了生涯，嚴格上就是客死他鄉，真的是無限感慨！一對姊弟也因生母改嫁後，被送入華興國軍子弟教養院受政府照顧。老大在大陸老婆懷兒子時離開大陸，無緣父子見面，當他逝世時，臺灣老婆遺腹子亦無緣見到，命運一事還真是邪門，老大一生均未能見到兩岸的兩個兒子。從此兄弟就天人永隔，各走各的路，只能說老大好命，在歡樂中離開了，直接走上天堂路，把姊弟遺孤二人及瑣事留給了老二，看似的地獄路繼續走下去，難怪老二在老大的公祭儀式中大哭，真是人生至痛，孤獨一人在臺無家可歸！

老二想盡辦法終從三軍總部退伍，回老本行做生意，先在大陳島撤退來臺漁船隊所組成的公司內工作，之後離開公司創業開雜貨店、澡堂、彈子店等，蘇澳、臺北、臺南、屏東到處闖生活打天下，期間有賺有虧，最終仍是歸零。但其中值得安慰的是在來臺七年後，也順利娶得年輕貌美的臺南姑娘，年齡相差大，但非常速配，雖然生意不成，但最終也搞個小公職活幹，老婆在工廠打工，夫妻靠著微薄薪水，勉強支撐著一大個家庭打拚生活。

方良女士

老大走回天堂路後，遺孀年紀尚輕，也就改嫁了。她著實也無法攜帶姊弟二人一起改嫁，或者老二也不希望見到一對姊弟去做拖油瓶，經多處聯繫安置住處後，最終將這對姊弟送到了「國軍先烈子弟育幼院」（後更名國軍第一育幼院）。在之後諸多年，老二不時去探望老大的子女，每次去都受到江曼玲院長及續任院長們的熱情接待，當時臺灣社會雖普遍窮困，對於弱勢家庭仍都能熱心善待，可見當時整體社會質量是很高的。

此外，之前另於「華興育幼院」時，常遇到方良女士於院中服務遺族子弟，她人在育幼院時都會親自奉茶給來訪的家屬。就一

一九五六年老二於臺灣娶妻合影。

位老公位居國家高堂的俄國女人而言，可以不時來照顧國軍遺族，令老二感動不已，他不時就會提起方良女士平易近人，尤其奉茶這件小事，更讓老二留下永遠溫馨的回憶。

老大的一對姊弟在國軍先烈子弟育幼院創院的第二天開始入院，之後度過了小學及國中的生活，也因此養成了他們剽悍的個性，以及後來獨立的能力。一直到老二娶妻成家之後，才接回老大的一對兒女一起生活，也因此成了一個意料外的大家庭。這個家庭都十分感念幾位平易近人的院長們，以及一位從俄國經大陸來臺灣的方良女士，真是令人感動，比起很多的貴夫人，她實在是不一樣，歷史上似乎都開始淡忘這號人物了，這位創辦國軍烈士遺孤育幼院，積極照護軍眷遺孤的第一夫人。

戰士授田證

大部分退除役老兵見反攻大陸無望，要求政府解決戰士授田證問題，抗爭愈演愈烈，補償金順利於一九九〇年發放，每等級發五萬津貼。老二也保管了老大的戰士授田證，因此同時領到兩份補償金，但是老二把老大補償金切了一半寄回大陸，交給老大的老婆。當時的大陸，「萬元戶」已經是非常了不得，拿到這筆錢雖不到「萬元戶」，也足以買棟小房及整整祖墳，也可蓋座老大的衣冠塚了。

戰士授田證本來就是大陸共產黨打國民黨的絕招，在解放後可重新分配到自己家鄉的土地，也就是這種招數鼓舞了共軍拚命作戰，最後終致勝利。國民黨吃了這個悶虧，到臺灣也有樣學樣，最終雖然沒能成功，到底也兌了現金，天上地下的兩位兄弟各自都能有一筆小錢，也可讓閉上眼睛的人入土為安，還張眼的人舒坦心胸。

老二把老大戰士授田證補償金給家鄉老大的老婆，也是一件既殘忍又貼心的做法，老大的老婆在收到錢的那一刻想必是無限的感慨與痛苦，等了幾十年，最終收到了一筆臺灣的撫慰金，這在當時的大陸算是一筆錢了，這也算臺灣政府的一點人道吧。

舌尖下的臺灣

五〇年代的臺灣經濟正起飛，但家家戶戶都貧窮，所謂不患寡而患不均，充分顯示了當時社會，普遍窮困，但也沒啥衝突，社會快樂和諧，大家都窮也就沒啥好比，反而戶戶更能溝通，彼此之間交往頻繁，生活上雖辛苦，但似乎也都人人快樂，那是一個充滿了正能量的時代。

在所得有限下的現實生活中，老二要如何餵飽這一大家子的七口人也就成為夢魘，老婆年輕貌美但手藝似乎不靠譜，只得不時拿出壓箱的家鄉手藝。其中最特別的應該就屬「臭鱖魚」，安徽排名第一美食，那是一種非常奇特的烹飪手法，過程略為複雜……在下鍋煎煮的過程中味道真是不堪入鼻，想當然爾，當時的鄰居大概也都很痛苦吧，可是過了前幾口再繼續吃下去，那真是人間美味，能把不怎樣的魚煮到如此嫩鮮，真是安徽美食文化幾千年的傳承。吃魚要不食材好如日本生魚片吃法，要不就要有這種特殊的烹飪法，把魚煮成這麼鮮嫩可口。中華食文化長久以來歷經窮困及戰亂，也是窮則變、變則通、通而久，就像變魔術一樣，演變出這麼神奇的烹飪方法，當然也要付出另類的代價……臭成這樣！臭豆腐與這種臭比起來，那是小巫見大巫了。

另一道神奇菜是「紅魚乾塊」乾煎「魯肉塊」的「肉魚塊雙煎」，藉由紅魚乾的鮮味嚼勁搭配滷肉的軟香，在便當內放上幾塊真是絕配，比起廣式煲仔飯，絕對有過之而無不及，可惜在外買便當時，從未看過此道美食。此外，糖色醬滷牛肉，用糖色的做法，不加一滴醬油先煎後乾滷，完成冷置切片，漂亮的深金黃色，味道甘甜淋上濃稠滷汁撒上蔥花，上桌前才「花」滴醬油，真是一道絕佳的冷盤菜。醃菜類更是一絕，各式種類繁多，其中酥脆小魚乾、嫩薑絲切、碎辣椒「混拌醃製」裝缸數日後，改用透明玻璃罐盛裝，顏色白裡透紅，小魚遨游其中，真是漂亮，口味上更是酸甜帶辣，一道醃製的絕世美食，也是從未在別處吃到過。日後在老二爺隨了老大的天堂路後，後人大都食藝不才，這些美食也都絕世，僅存於後輩們聚會時之話題與記憶中了。

這些道地家鄉美食，就在老二的手中於異地再現，展現了神奇的光芒，如同卡通神奇小廚師一般，一大家子的味蕾就被擺平了，不時打打牙祭，平日生活的窘境也就在快快樂樂、吵吵鬧鬧中度過了。當時對於這些特殊傳承手藝也不覺得有什麼特別神奇，認為是一種想當然爾的必然，或許就是這些家鄉飲食，讓此家庭與大陸家鄉之情感得以牽連，更讓老二得以藉此解思鄉之苦，更完美地繫緊了這個家庭的情感。戰爭下這些離鄉的年輕小男生還能傳承家鄉食藝，也真是神奇，到底民以食為天，當時的社會中，家家也許都有其各自的傳承特別之處，中華文化藉由家的食藝深化了家庭的文化，只是在那個時代中，因為戰爭，造成了大量的遷徙，在臺灣也衍生一種特殊現象，就是各地手藝的大雜燴，生活上的困苦，可藉由各式家鄉手藝得到吃的滿足，建構了穩定社會，未來才有機會進入亞洲四小龍，在經濟上創造所謂的臺灣奇蹟，也讓這個在臺灣誕生的大家庭二代人在窮苦中成長、茁壯、進而繁衍三代、四代……。

落葉歸根

老大來臺後短短六年就英年早逝，他在逃難路途上雖大難不死，卻客死異鄉，當時兩岸斷了聯繫的管道，彼此都無法互相知悉對方的死活，老大的死訊也都無法傳回家鄉，更別說落葉歸根了！很多類似這樣的情況發生在中華歷史上這段很特別的中空期——一九四九至一九八八年。

當時想要聯繫在大陸的親友是違法的，也只有透過海外才有可能，因為一般市井小民並無海外的管道可以聯繫，所以對於家鄉也止於懷念，甚至是放棄了有生返鄉的念頭。幾十年過去，一九八五年，老二藉由親家鍾氏於泰國工作之便，以郵件聯繫上大陸家人，以泰國工作地為連繫轉點，才發現父母早已上天堂了，老爸是在大躍進時因饑餓致死（一九六二），老媽則病死在後（一九七九），沒想到曾賣米的人，最終是餓死的，尤其在皖南這個大米倉。老二當時那種痛苦與悲傷，或許不是外人可了解的，但這就是那個悲劇大時代眾多人的寫照。

之後藉著蔣經國先生一九八七年開放大陸探親的機會，老二為了一圓回大陸之夢，提早退休回大陸老家，雖不能一圓與父母重聚的夢，卻可探望故鄉與唯一的小妹，但這對於年少離家無法盡孝之悔恨卻也是難以補償了，相信當時有同樣感傷的人應該不在少數。回到老家後，受到官員及親友們熱烈招待，街上的錫店米鋪已不再擁有，但鄉下老家的房子仍由老大前妻之子「三十」所擁有，回鄉之初被安排在剛蓋好的招待所居住，也於過年期間回衛生條件稍差的鄉下老家居住，透過大陸官方的安排，所有的親戚都有見到面，現場的場面著實感人。相較當時兩岸的經濟條件，臺灣是好多了，在補償心理的作用下順理成章地買了各式電器及整修祖墳等，所謂經濟形態的補償作為，在當時對這些所謂前「黑五類」的親友們應該是最實際的補償。這種經濟補償行為對當時大陸大有影響，尤其是兩岸經濟能力差別之衝擊性，之後大陸可以快速地經濟自由起飛，恐因當時兩岸百姓經濟的差距認知在民間迅速傳開，或許也是現今計劃經濟能發展壯大的成因之一。

就這樣，在人生旅程終點前，老二帶著老大的戰士授田證補償金，隻身回到家鄉，替老大為老爸與老媽修了墳，也送了錢也修補了自己心靈，雖然最後選擇了回臺灣與子孫團聚終老安眠，但心中那股對家鄉的思念與對父母的悔歉，似乎也終於放下了……。

本文作者

徐輝明，美國曼菲斯州立大學土木工程博士，現國立宜蘭大學土木系教授借調國立東華大學第八年中。個人除涉及專業外，亦熱衷於大學校園建設。

戰亂連連烽火歲月的歷史悲劇一九四九

孟培傑

我的父親出生在河北省天津武清縣，就是現在大興機場所在地，六歲時跟著當法官的爺爺移居上海，進入上海私立教會學校就讀；因為從小就接觸許多外籍牧師和修女，因此英文聽、說、讀、寫的能力都具相當水準，他也計畫進入大學時就讀外語系所；可惜天不從人願，高中畢業時正逢抗日戰爭爆發，烽火連天下學校被炸毀，家人也流離失散；此時同仇敵愾之心再加上熱血愛國情操，另一方面也在別無選擇之狀況下，毅然投考進入黃埔軍校。爸爸是黃埔軍校十七期畢業生，畢業後隨即加入抗日行伍，以少尉排長軍銜加入陸軍裝甲戰車部隊作戰，當時是在蔣緯國將軍之麾下，感染著風流瀟灑、帥氣威猛的軍風；抗日戰爭結束後，隨即又參與了國共內戰，兩起戰役先後在爸爸身上留下三處印記（即三處彈痕），分別在耳邊、手臂及小腿上，其中耳邊還留有子彈碎片在皮膚裡，他常常拿我的手指去摸那個被彈殼進駐而凸起的皮膚，告訴我那是戰爭的印記，也訴說著戰爭的殘酷與無奈，我當時卻常常調侃爸爸是「三槍牌勇士」，老爸總是隨即回我一句：小兔崽子！

三槍勇士，祖先保佑，浪裡白條，子彈夾縫中九死一生

小時候常常聽父親一派輕鬆地訴說著戰爭時多次死裡逃生的故事；有一次戰車部隊在征戰途中，他生病了，不但高燒不退、食不下嚥，還一直上吐下瀉，現今依症狀判斷，這豈不正是目前最夯「新冠病毒～奧祕恐」的中重症？想不到在當年就開始流行了。在當下之狀況，戰友們只能將他放在戰車裡跟著戰火走，其實只是在等他嚥下最後一口氣，就可以隨地拋棄或就地掩埋了。有一天來到一個小村莊，大夥把他丟在屋簷下就自顧自的去紮營開伙，當時父親已奄奄一息，神智恍惚瀕臨死亡，但終究有祖先保佑，命不該絕，就在當天深夜裡，爸爸夢到一個留著長長白鬍子，長得很像南極仙翁的長者，手上拄著一支拐杖，杖頭上掛著一只葫蘆，步履緩慢的走近身旁；此時，爸爸對著他一直喊著：「好渴——好渴——」他就把葫蘆裡的水對準爸爸的嘴巴倒進去，爸爸急著咕嚕咕嚕地喝完一大壺，然後白鬍子老頭就瞬間消失了；沒想到第二天早上爸爸竟然奇蹟似的退燒，也可以吃得下食物，過兩天就完全康復，想必那葫蘆內裝的正是原版「清冠一號」；這事真讓我們嘖嘖稱奇，但也無法查證事實真相與否，抑或是茶餘飯後哄小孩打發時間所杜撰的

故事，不過父親在我童年期間經常不斷的重覆訴說著這段「仙翁奇遇記」。

還有一次，父親坐著吉普車要返回部隊，途中忽然一陣槍聲大作，駕駛兵當場斃命，父親則是手臂中槍，說時遲那時快，他當機立斷將已陣亡的駕駛兵踹踢至車外，同時忍痛坐上駕駛座一路狂飆，此時後面敵兵仍是一路窮追不捨，沒一會兒，突然眼前竟出現一條寬廣湍急的河流，父親心想遇此絕境，豈不是老天真要亡我？一閃念過，他毫不猶豫地將車子衝向河裡，隨後棄車跳入冰冷的河水中，拚命的游向對岸，此時耳中仍不斷聽到射入水中的陣陣槍響，但歷經生死遊戲之極限挑戰後終於抵達對岸，此刻又躲過一個死劫；事後回想真是難以想像當時手臂受槍傷，是如何能夠達成這不可能的任務？更讓我們嘖嘖稱奇。

爸爸真是個落難公子，當時任職法官的爺爺在世時，在上海擁有一棟高樓層的旅館大廈，叔公則是上海火車站的副站長，父親常對我驕傲地說，他小時候每天的零用錢是一個大洋，那個時代他的同學零用錢都是一個「小子兒」，富家公子哥兒之身分可見一斑，可是這些優渥的背景都成了日後共產黨鬥爭的目標。民國三十八年國民黨失守大陸，國軍撤臺，爸爸的戰車部隊負責斷後，大陸淪陷後身陷敵境，此時卻發現跟了他十年的傳令兵竟然是上海市的副市長，頓時才明白為何每次戰車部隊出行都會遇到敵軍突襲……原來匪諜就在你身邊。

大陸失守後，爺爺和叔公都被打成了黑五類，紅衛兵把他們拖到街上，頭上戴著尖帽子，身上綁著繩索跪在地上，路邊圍滿了群眾對他們吐口水，用腳踢他們，爸爸也在群眾裡，血脈賁張心急如焚地要衝出去救他們，這時家族的遠親硬把他強行拉走，因為他們知道只要爸爸衝出去，下場就跟爺爺和叔公一樣死路一條……爸爸是爺爺這一房唯一的子孫，遠親們湊了一些錢讓爸爸搭上了開往舟山群島的小漁船，希望能為孟家留下唯一的血脈。當晚有三艘漁船同時航向舟山群島，舟山群島有國軍軍艦駐守，看到三艘漁船就率先鳴炮警告，一般來說鳴炮兩次後第三炮就必然會打中漁船，先前兩艘漁船都被擊沈了，爸爸說他以為這次必死無疑，沒想到同船上正好有個當過海軍的友人，他立即將帆桅桿砍斷，並脫下白色襯衫綁在竹桿上拚命搖擺，於是小漁船獲准靠近軍艦，艦上官兵拿著槍對準他們，從高高的艦上放下軟繩梯讓他們一個一個爬上去，然後搜身檢查確定身分，此時爸爸立刻將布鞋鞋底撕開，出示縫在裡面的軍職證件，至此終於又躲過一次死劫，輾轉被接回臺灣回復軍職。

富家千金的任性、認命與韌性

父親來臺後隨部隊居無定所，四處移防；在一次移防過程中結識了媽媽；媽媽的家族當時是嘉義地區的望族，由於家庭富裕因此也受到很好的教育；在媽媽和爸爸交往過程中，由於省籍認同的問題，因此外公極力反對，媽媽卻不顧一切「下架」富家千金之身分，任性「下嫁」給當時身在軍旅一窮二白的爸爸；婚後由於爸爸的誠懇對待，終於得到外公及家族的認同，但媽媽自此卻開始認命，過著窮軍眷的辛苦忙碌後半輩子，每天從早到晚總有做不完的家庭手工，藉此辛苦的貼補家用，並帶著五個兒女一路成長，處處展現她的任性、認命與韌性。

失聰演奏家的無奈與執著

父親自幼對於音樂與美術有著特殊的天賦，記得他常常拿出多年前所畫的孔雀畫作，雖然歷經劫難與顛沛流離，卻能保存作品完整無瑕，孔雀的畫工細膩色彩鮮艷且活靈活現，乍看之下還以為是彩色相片，真是令我等望塵莫及；說到父親對於音樂的天賦，也令我崇拜不已；他無師自通拉著一手流暢且氣勢奔騰的胡琴琴韻，隨興還可自拉自唱一段京劇段子以自娛娛人，可惜由於年少時於戰火中耳朵受到槍傷，年長後聽力日漸受損，記得有一天他拉著胡琴，突然間卻將手中胡琴往地上重重一摔，頓時整個胡琴四分五裂，嚇得孩子們紛紛四處走避，只有我趕緊前去問父親：「這把老琴已隨你征戰沙場多年，而且還保持完好無暇，不是說好要留給我當傳家寶的嗎？為何摔碎它，怎麼了？」此時他長嘆一聲，輕輕地說：「唉！我拉的音韻我完全聽不清楚，那又何必再拉下去呢？讓它去吧！」此時我心中似乎傳來伯牙對子期的心情物語，我為父親下了註解：「摔碎瑤琴鳳尾寒，不識琴韻為誰彈」，道出了失聰演奏家的無奈與執著。

走過大時代的冷暖淬鍊，終能豁達知足

父親在二〇一二年陰曆年前因多重器官老化住院，在離世前兩天，在病榻前他拉著我的手，氣若游絲地說：「傑啊！我知道我將不久於人世，我這輩子兩袖清風，白手起家，九死一生來到臺灣，如今兒孫滿堂，雖不富有卻也能度日，我很滿足了，唯一放不下心的是……」隔日就昏迷，隨即離世。父親自幼家世顯赫，後因戰亂顛沛流離，最後落地生根於臺灣開枝散葉；人生經過大時代的冷暖淬鍊，終能豁達知足。

孟培傑、S.C.Meng 謹識於二〇二二年五月九日

本文作者

孟培傑，國立臺灣大學海洋研究所博士，現任國立東華大學海洋生物研究所教授／國家實驗研究院臺灣海洋科技研究中心主任（借調），致力臺灣海洋生態環境保育及研究工作，曾任臺灣珊瑚礁學會理事長。

自在

江華珮

七少爺

從身在大陸有兩個奶娘的七少爺，到來臺灣成了沒爸媽照顧的國中生；從在大陸出門坐三輪車且有長工幫他做玩具的日子，到來臺灣因為沒錢一個月只買十天飯票的大學生活。大學畢業後雖申請到了美國佛羅里達州立大學全額獎學金，免住宿與生活費，卻因籌不出機票錢而放棄出國。他說他這一輩子沒有豐功偉業，不值得為他寫文章。但我覺得爸爸從不怨天尤

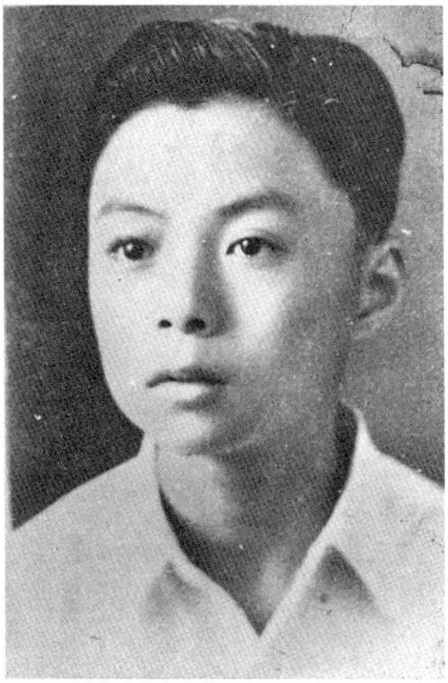

父親年輕時是個帥哥。

人，認真踏實的過生活，他是我的榜樣，是個不平凡的一般人，我希望像他一樣活得自在又豁達。

西帶子巷

那是堪比五胡亂華的時代，曾祖父一代帶領兄弟舉家遷往江西省會所在地南昌市，那裡是個樸實的農村，參雜了客家人的生活，而我們便成為南昌人。爸爸的老家位於南昌市西帶子巷，就是市中心最熱鬧的地區，爸爸江宏國就是在這裡出生的。

祖父母結婚後育有七男二女。爸爸是老么，集三千寵愛於一身，家裡聘的傭人見到都要喊一聲七少爺。爸爸有兩位奶娘日夜照顧，就好似祖父母怕這手心裡的糖化了一般。我記憶中爸爸最常說的老家，開飯要敲大鐘，「哐！」一聲才能從大院子召集到家裡所有成員，連同店員、長工。飯菜一張大圓桌尚不足以容納，需要前三後二共五桌才能填飽所有人。

福大永

老家專營百貨批發，內容包括衣食住行育樂各方面的物品，店名「福大永」，從上海、武漢等大城市批發貨物。祖父江維鎬沒有讀很多書，但在做生意上頭腦靈活，店鋪採取薄利多銷，再加上貨款可以半年結算一次，賺錢就擴大店面，所以西帶子巷上有一長條店面都是「福大永」，堪比今天的五分埔。如果客人要什麼東西店裡卻沒有，還可以代訂貨物，大伯父就是家裡派駐上海的大掌櫃，負責上海貨源。

家裡的生意在與祖母王振瑞結婚後越來越好，爸爸從小總有玩不盡的好東西，其中最令他到現在還念念不忘的是兩輛腳踏車。第一輛是在小學四年級擁有的，當時正流行騎自行車上學，雖然他可以坐家裡的三輪車，但仍羨慕別人的腳踏車。祖父母疼他，終於買了一輛美國原裝進口，二十四寸寬輪胎，整個南昌可能獨一無二的腳踏車。

爸爸很興奮地在家學了半個月，在一個星期四的早上，拉風地騎車上學。才剛離家十幾分鐘便遇到路邊擺攤賣早點的老者，一時心慌，車把沒抓穩，迎頭撞了上去。一時攤毀人傷，早點飛至空中再撒的滿地都是。當時年紀小，面對這種情況不知怎麼應對。但家中從小的教養令爸爸強自定下心來，連忙向老者賠不是請求原諒，留下福大永的名號和自行車做為憑證後匆忙趕赴學校。隔日老先生來店將腳踏車歸還，祖父母亦加倍賠償，老者這才離去，所幸沒有任何人受傷。

永別

八年抗戰勝利，臺灣回歸中國，當時我的二伯父就讀南昌中正國立大學土木工程學系。他於畢業後結婚，並應教授之邀請於民國三十四年秋來臺。當時的臺灣各項公共建設、鐵公路極需建置，二伯父來臺後於臺中市落戶生根，擔任臺灣省鐵路局工程師。我的三伯父高中畢業後便結了婚，但為了學業獨自一人前往福建廈門大學，每年的寒暑假回去與伯母團聚。

好景不長，國共兩黨內戰激列，共產黨的清算鬥爭著實令人害怕。祖父考慮再三，與其死在一起，不如將家人分散，尚有生存的希望，於是讓三伯母帶領大姑媽、二姑媽、四伯父、六伯父與爸爸前往廈門與三伯父一起共同生活。留下大伯父與五伯父協助祖父母照顧老家及生意。爸爸就這樣在一陣兵荒馬亂中到了廈門，以為經過兩三年就會回家，孰不知此行卻是與祖父母的訣別。

在廈門沒多久他們就申請來往臺灣，幾經波折申請到後便坐船到了高雄左營，然後到臺中與二伯父碰面，大部分的人團聚在一起。但是四伯父在途中卻回了江西，因為他當時的愛人，也就是舅公的女兒留在江西，所以他選擇回去。四伯父並沒有生孩子，但是卻當上了醫生，只可惜他走得早。爸爸說四伯父是他們兄弟最帥氣的，真可惜我沒有照片，爸爸已經這麼帥了，

父母親跟我姊姊。

很好奇四伯父到底長得怎麼樣呢？

六年的臺中二中

民國三十八年，爸爸到臺灣時十三歲，已經過了秋季班的就讀時間，只申請到一所國中夜間部，但隔年春天考上二中國中部，所以變成二中春季班的學生，又重上了一次國一。很巧的，高中又考上了二中，所以在臺中二中度過了來臺灣的前六年。這六年的酸甜苦辣，爸爸總只提起那些甜口的好滋味，但卻從未聽過爸爸那幾年的酸澀，未曾見埋怨過環境、埋怨過時勢逼得他與父母分隔、埋怨過臺灣的親人為什麼沒有互相照顧！

縱使父母不在身邊，但家裡讓他們帶了很多黃金、錢財在身上，就算沒有在大陸的富裕生活，至少也該衣食無虞，但我們的七少爺卻從沒有掙過一分錢。不復錦衣華服，爸爸在笑中吃著苦，在苦中泛著笑，我敬佩爸爸的堅強，更心疼他的獨立。

來臺灣沒過多久，爸爸便在二伯父以前租來的小房子裡獨自居住。還好爸爸樂觀，也與同學相處甚好，常常跟大家一起出去打籃球、游泳。當時也沒有什麼畢業旅行，同學們一起騎腳踏車去河邊游泳，便是最划算的選擇了。沒想到一個好友，在一起去溪裡游泳時不慎游失了。最後警察在下游處找到他，已是隔天。那位同學跟家人不親，找到屍首時要有人去認，卻沒人敢去。爸爸主動提出認人，也幫忙抬他回來。我想或許是爸爸珍惜著這些相同背景的外省第一代。彼此都沒什麼親人在臺，不太受照顧，自力更生的同時也扶持著彼此，或許身邊的這些人便是唯一的依靠了。爸爸跟他們的感情早已超過了親手足。

高中時爸爸得到了這輩子第二輛高級腳踏車，英國名牌，腳踏車中的勞斯萊斯。原來是來臺途中幫助了一位高官的孩子，人家為表感謝，送了這輛英國進口腳踏車及一顆籃球。爸爸突然間更受歡迎了，大家都想看看、摸摸，甚至騎一下這輛腳踏車，爸爸也不吝嗇。跟爸爸最要好的朋友有兩位，一位劉孝炎，一位鄭世逢。跟這些好朋友們最大的享受，就是去第二市場吃一碗蜜豆冰，剉冰加上一些水果，還有蜜餞，那就是人間美味了。

自在而自強的生活，帶來的是耳朵因常游泳進了水而未儘早醫治。耳朵發了炎流膿不舒服，可是他沒有跟家人說，也沒人察覺、沒人在意，沒有看醫生，漸漸右耳就聽不太到聲音了。

十天飯票

高中畢業，爸爸經過重考一年上了中原大學土木工程系。在中原，爸爸一個月生活費三百塊錢，只買十天的飯票。爸爸很聰明，週末會讓回家的同學把飯票給他，因為飯票是月結的，多買的不能退，這樣週末就都有著落了。偶爾會去臺北師範大學找劉孝炎。爸爸笑稱那時車票不用錢，其實是逃票。檢票員在這個車廂我就跑到那一個車廂，可能是老天爺疼惜窮苦學生，竟然從未被查票員抓著。劉孝炎也會跟同學要週末的飯票，這樣兩個窮學生一起在學校吃飯、打打球聊聊天。爸爸大概也從這時候開始喜歡做菜，兩人偶爾煮個白麵條，買一點醬油、肥肉做豬油拌麵，就吃得很開心了。

為了多籌一點生活費，爸爸寒暑假都會打工，其中有兩年是在花蓮市新城公路局河流工程處以及橫斷公路，而且是幾經生死的打工生活。有一次碰到大颱風，所有人躲進山洞裡，裡頭又濕又冷，眼看水就要淹進山洞裡了，還好它漸漸退去，不然就要游進太平洋裡了。另外一次是在做橋墩，爸爸在上面做量測與定位，他站的模板不穩，從三公尺高的地方掉下來，掉在一個插滿鋼釘的平臺上，命大的他竟然是掉在鋼筋之間，沒有任何外傷。這些經驗也給了他很好的籌碼，讓他後來順利地在公路局上班。爸爸在講這些事時總一笑帶過，滿面輕鬆。事後我從錄音筆中反覆琢磨，卻從這些容易的字句中品出了驚心動魄。

愛玉玉成

媽媽家境也不好，十幾歲就在臺南三伯父的電影院裡打工，爸爸偶爾回臺南看伯父，就認識了媽媽。一方面愛看免費電影，一方面可以看到媽媽，所以爸爸就常回臺南。媽媽家是傳統的臺灣人，有九個兄弟姊妹，外公外婆生活雖然苦，卻沒有將任何一個小孩送給人。當時的社會保守，大概所有臺灣家庭都反對女兒嫁給外省人，外公外婆也不例外。爸爸當完兵後，某天竟心血來潮說要去看外公外婆，兩個人沒錢，結果路上買了個愛玉，就大膽地進了岳父母家。不知道是愛玉接地氣還是爸爸長得「得人疼」，二老竟覺得這個人不錯，不久就同意他們結婚。婚後兩人沒有存款，沒有地方住，外公還讓他們回家一起住。爸爸的臺灣話一直不輪轉，但從他和岳父母相處融洽的事實來看，溝通不是靠流利的語言，更重要的是一顆真誠的心。

爸爸非常顧家，也很感激媽媽辛苦帶大我們三兄妹。全家每天晚上吃飽後，媽媽總是把剩下的菜裝成便當讓我們帶，自己則是只留菜湯，第二天中午就這麼拌著飯吃掉。而爸爸則是將每個月月俸全數奉上，自己在榮工處盡量吃公家飯，雖然去工地辛苦，但有機會出差他一定跑第一，因為有外快。

爸爸轉職公路局後，我們全家搬到了臺中大里，我的記憶其實從這裡才開始，當時的我七歲。兩輛進口腳踏車是爸爸最引以為傲的童年陪襯，而我最引以為傲的童年陪襯是兩個不用買票就能上車的身分。一個是公路局員工家屬特別票證，上公路局的車不用買票。小學一年級時，媽媽帶了我坐三天的車後，就讓我自己搭車上下課了。上車拿出那張通行證的神氣夠我開心很久。幾年後，爸爸的好友劉孝炎當上了我們住家旁高中校長，高中有校車，每天早上要進臺中市載學生，爸爸情商校長讓我們早上順路搭校車進市區。這也讓我的心情又更好，不僅免票，車上就只有我們兄妹三人，看著別人擠公車，自己覺得像公主出遊一般從容。

再次踏進西帶子巷

不知何時，爸爸輾轉知道爺爺奶奶的消息，因為江家豐富的資源，被清算鬥爭得很慘，而福大永早已不在。爸爸想盡辦法連絡上那邊的家人，雖然知道爺爺奶奶早已過世，家裡也沒落了，思鄉心切的爸爸仍義無反顧做了離家四十五年來天天想的事——帶著媽媽回老家。儘管我們的生活僅能溫飽，還是帶了點禮物與現金去探望家人。在那裡，爸爸見到了久違的大哥、四哥與五哥。我無法想像那見面的場景，他們在機場還認得彼此嗎？他們希望看到爸爸嗎？爸爸能承受聽到爺爺奶奶被鬥爭的細節嗎？

二〇一八年，大陸的家人說要給爺爺奶奶重修新墓，我也趁機完成了心中多年的計畫與願望。在老公與他大陸朋友的幫忙下，我們夫妻與姊姊、哥哥帶著爸媽及小孩一行，回江西探望親人。我們租了一輛中巴，穿梭在親友家與飯店間，同時遊了景德鎮、廬山等知名景點。當時大伯父四伯父已走，五伯父已高齡九十五。看著五伯父紅著眼跟爸爸親熱地牽著手話家常，這一幕是我這趟旅遊最大的滿足，也希望在臺灣土生土長的外省第三代對那片土地多一份感情。

心肝寶貝

小時候的家有塊後院，爸爸種過葡萄、芭樂、楊桃、檸檬，也種過夜來香、杜鵑、玉蘭花。葡萄總是還沒吃到就先讓鳥兒享用了大半。芭樂與楊桃則是生澀居多。媽媽則是養了些雞，一有剛下的蛋，就會開心地拿給我們將那溫熱的蛋生吞，說給我們補充營養。我們兄姊妹三人會在附近的田裡玩。有一次，調皮的哥哥和我撿了路旁的羊屎，它就像一顆顆黑豆一樣，回家騙姊姊說那是黑豆，聰明的姊姊咬了第一顆後便追著哥哥打。雖然我從小沒有玩具，但家裡的後院與旁邊的稻田是我天然的遊樂場。雖然常常羨慕同學下了課可以去福利社買零食，但知道爸媽為了讓我們的便當裡有肉有蛋，自己省吃儉用。物質生活上也許不寬裕，但有爸媽源源不絕的愛。爸爸常常抱我們，不僅對我們，也常常對媽

父親跟我兒女。

媽說：「心肝寶貝，我好愛你喔！」媽媽常回他說好假！爸爸回應的至理名言則是：「假了一輩子就是真的了！」

現在他對孫子或曾孫子也都喜歡親親抱抱，外加：「心肝寶貝，我好愛你喔！」這也讓我們一家人都成為愛的教育的受益者與實踐者。

後記

我從來沒有想過要為爸爸寫文章，主要是我的文筆不好。在先生的提議與鼓勵下，找了一天回臺中和爸爸聊了他的生平。爸爸帶我走了一遍他平實而不一般的人生，每一個起落，他都可以那麼坦然，沒有怨恨，不帶遺憾。感恩先生給我這個機會，也謝謝兒子幫忙潤稿，後面這段是兒子心中的爺爺——

謝謝爺爺願意口述歷史，讓我在相對富足的年代能夠稍稍瞥見他幼年的艱辛，去思索自己的價值，尋找自己的定位。他一路上波折而坎坷，很難想像我從小看到大的笑臉究竟是飽經了多少風霜，才能笑得如此自在。不埋怨上天、不埋怨身邊的一切人事物——這是我感受最深的地方——想辦法在曲折中活出自我，縱然時勢不善待我，但仍堅強自立，笑得燦爛。

爺爺教了我們這些孫子輩一句口頭禪：「心肝寶貝牛肉乾，青菜蘿蔔豆腐乾。」這句僅有幾個字的話闡述了他最愛的幾樣東西，包括我們，他的心肝寶貝。

本文作者

江華珮，成功大學工程科學博士，現任國立遠傳電信研發處資深協理。喜好旅遊與美食，嚮往佛學文化交流。

輯三

記憶像鐵軌一樣長：親愛的家人

岳父大人的傷痛與奮鬥

林信鋒

初遇

初遇岳父大人是在預官役期滿，準備出國進修的時期。退伍後在一家位於新店的中日合資公司上班，根據自己設定的目標，準備來年赴美攻讀學位。也就在這個期間認識了一位修習電子工程的認真女同事，一段日子的相處，我們分享了對未來工作、職涯的理想與追求。女同事想要轉換職場，努力朝向更有趣的工作與更具規模的公司前進。個人是從小在花蓮長大的偏鄉子弟，長輩對我的教誨就是「學業未成，何以家為？」。岳父從獨生女口中聽到了公司的工程師後，就約了我們與其朋友在西門町圓環自營的西餐廳吃飯，餐廳富麗堂皇並有歌星駐唱，演唱西洋歌曲、流行音樂，是我西餐廳的初體驗。或許是長輩們對我印象尚佳，岳父一直是我們重要的支柱。

女兒出世

我在本校籌備處任職三個半月後，一九九二年四月女兒出世，帶給我們夫妻與岳父母滿滿地喜悅，內人與我一起照顧女兒，新手父母之愛溢於言表。一年後我隨籌備處搬到花蓮，當時內人已回鍋中和興南路的德州儀器公司工程部服務，遂帶著女兒住在中和娘家，岳父母也享受照顧孫女的天倫樂。女兒活潑可愛，精力充沛，陪伴她需要很好的體力，岳父常帶她上市場買菜，只要看到音樂迴旋小馬車，都會讓她過足了癮。岳父母對獨生孫女非常疼愛，充滿無限的愛心與耐心，讓我非常感念。搬到學校宿舍之後，每到過年，岳父母總會買很多食材，高高興興地來花蓮壽豐探望。校區的環境優美，岳父母非常喜歡，帶著孫女漫步校園裡，真是人生樂事。岳父手藝很好，來到宿舍，常表演拿手廚藝，如紅燒排骨、紅燒牛肉、五更腸旺、豆瓣黃魚等，慰勞我們的五臟廟。每次岳父母回臺北，月臺邊總是上演離情依依，孫女淚灑月臺的劇情。

生離

岳父非常健談，也喜歡運動，與其相聚時，常談論體育、時事議題，時間一久，話題更加多元。有一次談到來臺前的困頓日子，岳父生於安徽無為，幼時適逢中日戰爭爆發之際，其父為國軍軍官，長年隨部隊輾轉征戰，無力照顧家庭。母親帶著岳父與其兄長，在大戶人家幫傭，由於家貧，岳父幼年失學，母子三人相依為命。對日抗戰勝利，國共內戰也越發激烈。岳父隨母親與大哥顛沛流離於大陸，飽受戰亂之苦，逃難中岳父摯愛的母親罹患瘧疾，火車臨行之際，難民擁擠，母親因病重體衰已無力上車，兄弟倆被迫於火車月臺上與母親天人永隔。岳父每憶及當年這一幕，都傷心哽咽，不捨溫柔慈祥的母親，也是岳父一輩子最大的傷痛。岳父與其大哥在火車上遇到善心人士，收留兄弟倆，岳父聰明機伶，深受善心人士家人疼愛。後來打聽到岳父的父親已經隨軍來臺，兩兄弟也投身軍旅，民國三十八年遷移來臺，駐守臺灣北部。

初入社會

當時岳父的父親在南部，已經從軍人轉職警察，並另組家庭，鼓勵岳父南下進工廠，習得一技之長，然而岳父脫下戎裝後，內人的二奶奶卻希望岳父能幫忙照顧弟妹。岳父在其父親家裡待了幾年，打掃、煮飯、並照料同父異母的三位弟弟、兩位妹妹。之後毅然北上，嘗試不同行業磨練學習，直到進入中興紡織當技術工人，才算是找到自己興趣所在。工廠位於三重埔，主要生產棉質針織內衣褲，商標為「三槍牌」，與華隆紡織、遠東紡織被臺灣紡織界稱為上海幫三巨頭。岳父喜歡看報，自學識字，摸索維修紡織廠的機器，並結識同廠服務的岳母，民國五十年結婚共組家庭。時值臺灣紡織業蓬勃發展之際，岳父也思考自行創業。為了籌措資金，夫妻倆從擺地攤開始，舉凡生活百貨、成衣、襪子……，只要能賺錢的品項都行。內人自三歲有記憶開始，就是陪父母擺地攤的日子，坐擁衣服堆，看父母努力叫賣，年歲稍長，自己也會童言童語幫忙吆喝，留下一段童年深刻的記憶。

創業

內人念幼稚園大班時，岳父母在三重埔創業，初時資金有限，故與朋友合夥開辦了代工廠。代工廠的規模不大，只有幾臺機器，岳父母輪番上陣，生意很好，很快地賺到第一桶金。內人小學二年級時，岳父在土城創辦紡織廠，廠房占地甚廣，約有一個小學的面積，廠區花木扶疏，並有景觀魚池，景色怡人，是個工作的好環境。當時的業務蒸蒸日上，事業興隆之餘，同業、親友之間的送往迎來亦更加頻繁，岳父生性善良開朗，大方好客，舊雨新知絡繹不絕。岳父喜歡聽歌，閒暇時常呼朋引伴至歌廳吃飯、聽歌，散場再去吃宵夜。內人在小學時，也常跟著岳父聽歌，一些歌壇名歌星，如張姓、費姓、林姓等男歌星，姚姓、吳姓等女歌星，都欣賞過其在舞臺上的風采，幾曲歌罷，偶而代長輩致贈紅包，也是難忘的回憶。岳父與大名鼎鼎的建設公司葉董亦常相約一起去聽老歌，有共同興趣的老友，友情更加堅定。岳父事業有成時從不吝於分享親友，對於其父親、二媽與弟妹們，也盡力給予經濟上的支持。

轉戰餐飲業

內人國一時，岳父紡織廠之自動化轉型不順利，忍痛關閉工廠，轉經營餐飲服務業。一開始岳父在紅樓戲院附近開茶館，茶館設在二、三樓，提供茶飲與小點心，客人可以下棋、聊天。每天一開張就賓客盈門，好不熱鬧，經營了一段時間之後，有天來了一位小兄弟，要求提供麻將場所。往後他大哥常與三五朋友登門光顧，大哥長得瘦高斯文，有位小女友，某天他們一夥人在三樓打麻將，不知何故，小女友居然在三樓一躍而下，一時間嚇得大家面容失色，紛紛下樓查看，所幸遮雨棚減緩了下墜的力道，小女友像個沒事人一樣爬起來。這事過後，岳父覺得經營茶館人際關係太過複雜，遂另謀出路。之後，在小南門開小吃店，以麵食、小菜、簡餐為主，店面不小，生意尚可，因房東漲租金的壓力致無法經營。內人國三時，岳父隻身勇闖士林夜市商圈，鎖定學生客群，店內只賣牛肉麵與牛肉湯麵。每當下課或放學時刻，學生蜂擁而至，岳父忙著煮麵，無暇他顧，女學生誠實乖巧，自行端麵付錢。岳父每天起早摸黑，忙碌異常，如是二年餘，終因急性肝炎住院，調養一段時間並結束營業。

打工生涯

西門町圓環的西餐廳歇業後，岳父已經無心續待餐飲業，遂至人力派遣公司上班，輾轉派駐在嬌生公司服務。嬌生是美商公司，有很多年輕一輩的男女員工，岳父開朗熱情，樂於分享，人生的歷練豐富，這些員工聯名向主管推薦，聘任岳父為公司正式職員。這是岳父職涯的後期，卻也是他的一段快樂時光。每天樂在工作，與同事相處融洽，遇到美籍主管，也可以用有限的英語打招呼。公司業績很好，重視員工福利，每年都有海外旅遊，不分地域全額補助。每次旅遊，岳父總是選擇大陸，或許是語言相通比較自在，也或許是錦繡河山令人流連。數年之後，因為業務需要與公司發展，嬌生結束臺灣分公司業務，全員轉進大陸，岳父就從嬌生退休，正式告別愉快的打工生涯。

陪伴

岳父退休後，適逢岳母罹患憂鬱症，岳父常伴岳母，打理日常生活。假日出門品嘗鼎泰豐美食、上川菜館、或喝下午茶。後期岳母雙腳無力，行動不便，假日岳父依舊推著輪椅，帶岳母到一〇一大樓喝咖啡、享受美食。再往後岳母患有中度失智症，因妄想、幻聽，情緒起伏大，導致岳父精神壓力過大，照顧岳母更加困難，期間的辛苦、磨難，讓我們夫妻十分感激與不捨。內人不忍岳父辛苦，常問他可否找外籍看護幫忙，岳父總以身體尚佳，不習慣外人同住的理由婉拒。因岳父常咳嗽，附近診所一直未找到病因，內人二〇二一年三月帶岳父到雙和醫院進一步檢查，確診肺癌，放射線治療約一期，因疫情加重，先返家療養再約第二期放療。那一段時間，緊急找位印尼籍看護，內人與女兒每天奔波往返醫院住家，照顧岳父母兩位，勞心勞力，心力交瘁。岳父生性熱愛自由，不喜歡麻煩別人，總覺得拖累了女兒與孫女，心裡過意不去。五月底，或許因為三級警戒疫情期間不便外出，鬱悶心情影響健康狀況，致病情直轉急下，身體更加虛弱。女兒不捨內人承受身心煎熬，加上與岳父母祖孫情深，費盡心思照顧、餵食岳父，調養老人家身體不留餘力。二〇二一年六月九日，岳父在睡夢中與世長辭，平靜安詳地走完精彩起伏的人生。

本文作者

林信鋒，美國密西西比州立大學電機博士。曾任花蓮縣教育局局長，現任東華大學資訊工程系教授兼副校長、心理諮商輔導中心主任。興趣：閱讀、運動、音樂、旅行，喜歡探索生命真相的未知、新奇發現。

十全十美的愛

廖慶華

雖然「甘瓜苦蒂，天下物無全美」，但我用「十全十美的愛」來形容父母的婚姻，是因為父親的手指指紋有十個螺（全部都是圈），而母親則是十個簸箕（全部都沒有圈），相書上說這是一個完美的婚姻，在我眼中也確實如此。

千里緣愛相隨

從小到大，爸爸媽媽一直都是相親相愛、個性互補，從來沒有吵過架，以至於在我長大後聽見朋友說及父母的爭吵時，都覺得匪夷所思，夫妻怎麼會吵架，更遑論有家暴了。

爸爸年輕時隨著國民政府軍隊千里迢迢來到金門，媽媽因為當時家人民風未開，誤信算命之言，趁外公出門遠行時送給人家當養女，雖然身受養祖母的疼愛，但因養母對媽媽不好，養祖母怕自己老去後媽媽會被欺負，才託人打聽介紹，把媽媽許配給年長二十二歲的爸爸。

這樁誤打誤撞的千里姻緣沒想到竟是如此美滿，媽媽當年唯一條件就是希望讓她繼續讀書升學，哪裡知道婚後不久，孩子接二連三的到來，忙裡忙外，人生就這麼倏忽而過。沒上過一天班的媽媽，深受爸爸的信任與寵愛，薪水全交給她處理，媽媽不但操持有度，每年過年都還可以包十幾個大紅包給兒孫。媽媽常說自己這一生是一百分，要不是爸爸太早離開（六十八歲辭世），她就一百二十分了！

父親畢業於軍需學校（現在的國防大學管理學院的前身），上校退伍後在金門酒廠工作時與媽媽結婚，之後搬來臺灣定居。因為有財務管理的經驗，被推薦到考選部工作，後來升任出納科科長、專門委員，一直到退休。我們一家六口（爸媽和四個小孩，大姊、二姊、哥哥和我），住在考試院考選部宿舍，就是現今的考試院闈場。這個宿舍有點類似眷村，居民都是考選部的員工家眷，有四十多戶，由於家長們都是同事，相處很融洽親密，家不閉戶，大家常常串門子直接進進出出、互通有無。還記得我們家隔壁的鄰居，我大姊的國小同學，就常常來家裡吃飯，夜裡洗澡時我還會敲著牆面和他打電報，回想起來不覺莞爾滿懷溫馨。

我的父親廖省耕先生。

父親和母親的個性真的是天作之合、十分互補，一個靜態一個動態，爸爸的個性比較沉穩內斂，媽媽則是慷慨大方、熱情單純，我記得爸爸的鈔票總是一張張疊得乾乾淨淨、整整齊齊，而媽媽的錢則是隨性放置。爸媽的感情非常好，彼此欣賞，由於我從小到大看他們恩恩愛愛、不會吵架，所以我一直以為夫妻是不會也不應該吵架的，這影響到日後我的婚姻觀，夫妻是難得的因緣要相親相愛、彼此疼惜，所以，我與我水某十八歲從大一認識到現在將近四十年，結婚三十一年，水某一直是我的愛人、親人，也是最好的朋友，我要效仿父母有個十全十美的愛！

老饕遇到食神

大概是相差二十二歲的緣故，爸爸一直把媽媽當成女兒般寵愛，四個小孩也是爸媽的小寶貝。記得上小學時，爸爸每天早上用撒上明星花露水的溫水幫我們洗臉，那充滿愛心又芬芳的香味，至今仍念念不忘。媽媽嫁給爸爸時不到二十歲，就習得一身功夫，會做饅頭、包子、餃子、花捲、春捲、蛋糕、麵包，過年過節更會烤月餅、灌香腸、燻臘肉、做酒釀，還會料理父親江西老家的道地家鄉菜。因為鄰居都是大陸飄洋過海來到臺灣的外省族群，媽媽聰明伶俐、熱情款待，每天招待這些長輩做飯做菜做甜點，造就出食神等級的傑出手藝，爸爸的同事們經常打趣說，媽媽連樹葉都可以炒得香味四溢，令人垂涎。

爸爸是饕客喜歡美食，媽媽擅長料理很能滿足爸爸的味蕾，他們更喜歡呼朋引伴一起分享，常常招待考試院同事和江西老鄉來吃飯，所以家裡經常高朋滿座、川流不息、熱鬧不已。尤其是過年過節的時候，爸媽還會特別邀請考選部的單身員工，以及隻身在臺的老鄉們來家中齊聚一堂，共度美好時光，更可撫慰思鄉之情。媽媽因為年輕體力特別好，對於美食也非常有興趣，還去跟當時最有名的烹飪大師傅培梅學做菜，所以大家都知道廖太太燒了一手好菜。過年過節的時候，住家院子總是放著一個大缸燻肉、燻香腸；中秋節的時候一定會做各式月餅，有豆沙、鳳梨、椰子、棗泥口味，還有內餡裡面包蔥肉的蘇式月餅。端午節當然也少不了粽子，媽媽的粽子有很多種口味，有一條豬里肌肉的湖州粽、包著香菇豬肉的外省粽、豆沙甜粽、鹼水粽等。另外媽媽自己還發明鹹月餅，內餡是榨菜鮮肉，脆脆鮮香的滋味，每每想到都會忍不住口水直流。

我的母親廖陳玉寶女士。

有一件記憶深刻的趣事，小時候因為沒什

麼零食可吃，每次看到媽媽釀梅酒、李子酒、酒釀，沒等釀熟就偷挖來喝，有幾次還喝醉了睡倒酒罐旁，被逮個正著，溫柔的媽媽輕斥一番也沒多責備。想想，現在孩子零食種類繁多，可能沒嚐過那種偷喝酒釀而滿臉通紅醉倒的滋味。總而言之，母親在我心目中就是一位可愛的食神，而父親是不吝讚美的饕客。

由於父親一人上班養活一家六口，又經常邀朋喚友到家裡熱鬧做客，為了節省開支，媽媽學會自己做衣服，因為一次要做一家人的穿著常常工作到三更半夜，媽媽自己回憶說，可能是年輕，體力充沛，不知累也不覺得累。滿溢的愛讓我深刻的感受到，母愛是潤物的細雨，是醉人的春風，世界上一切的光榮和驕傲，應該都要歸功於母親無私的奉獻與光輝。

金門的小媽媽

爸爸的內斂含蓄和媽媽的聰慧善良，造就了我們四個孩子四種個性，很有趣：大姊活潑熱情、二姊勇敢冷靜、哥哥積極謹慎，我則是天真浪漫。媽媽結婚時才十六歲，其實還是一個孩子，什麼都不懂就要學做媽媽，想想，一個十六歲的孩子能當稱職媽媽嗎?我的媽媽真是了不起啊！

媽媽出生在金門，因為外婆重男輕女，就以媽媽生肖與哥哥相剋為由，將媽媽送給別人當養女，等到外公從南洋工作回來，發現自己的大女兒被送走，非常生氣，去媽媽養父家追討，但是養祖母堅持不讓他們帶回去，養祖母很愛媽媽，她以死相逼，若要帶回媽媽就死給大家看，所以媽媽就只好留在養父家。但每逢外公家過年過節有好吃的東西時，舅舅、阿姨都會送來給媽媽享用，生家、養家互動密切。

外公家裡世代從醫，曾祖父很有學問也很富有，經常在廟口為人義診，希望將醫術傳承給兒子，於是每晚點著油燈親自教外公讀書識字，使他漸漸學會了中醫及推拿，也會開藥為人治病。但是，外公對建築情有獨鍾，成年後也另起專業成為建築師，在金門有很多建築都出自他的工程團隊，例如古蹟「得月樓」就是外公所建。外公雖然懂得採藥也會用藥救人，只是未將醫術當作主業，以致於曾祖父留下的兩大箱醫書，因長久無人閱讀，被後人當垃圾燒掉，所以歷代的醫術世家到此畫下句點，每想起此事總有一份遺憾與不捨。

媽媽的養祖母收養了媽媽之後，非常疼愛她，待媽媽如親孫女，媽媽叫她老祖母，老祖母是讀書人，知書達禮、善解人意，在南洋開金店，生活十分富裕，在媽媽養父四歲時丈夫過世，帶著兒子搭船從南洋回到金門娘家，一直守寡未再嫁。老祖母在金門做跑單幫的工作，從廈門買進一些金門沒有的貨物來販售，例如絲線、麵包、精緻小點心之類的貨品。有一天老祖母裝了一大盤糖果點心要媽媽端去送給鄰居分享，怎料一出門就碰到了嘴饞的狗兒來追，一隻被拴在大石頭的馬也對著媽媽跳腳嘶吼，嚇得媽媽沒命奔跑，竟一頭撞上栓馬的大石頭，鮮血直流昏倒在地。鄰居跑去告訴老祖母說媽媽死掉了，老祖母跑出家門，看到滿頭是血的媽媽，顧不得眾目睽睽立即脫下上衣裸著身子，要止住媽媽湧出的鮮血，雖然鄰居立刻拿來衣物為老祖母遮住上身，但是大家都以為媽媽已經死了，鄰居說小孩死掉不用買棺材，用四塊木板釘成方盒子裝就可以，所以釘了一個小木箱來裝媽媽，讓老祖母哀痛逾恆。這時，有一個磨刀的師傅正巧經過，剛好有帶醫藥箱，毛遂自薦要不要讓他救救看這個小孩？這真是上天刻意派遣來的貴人，媽媽竟然被他救活了，迄今頭上還留下一道很深的疤痕，似巧紀念這位貴人的救命之恩。

養祖父從事糕餅業，當時是金門第二大的店舖，前妻因病過世，有一個陪嫁的丫頭想要嫁給他，並且保證會善待媽媽，但很不幸的是這個後母經常背著養父欺負媽媽，給媽媽吃冷水泡稀飯，還有很多令人髮指的荒謬行為。當時金門非常相信命理，有一位算命的瞎子算出老祖母的壽數只能活到五十五歲，老祖母尋思，若她離開人世，後母一定會更加虐待媽媽，因此想幫媽媽找個好人家嫁出去。她問在菸廠洗衣服的阿姨，有沒有品性好，可以託付的人，當時爸爸在菸廠擔任會計，他想娶一個金門小姐，經過洗衣服的阿姨介紹，爸媽認識了。爸爸看起來忠厚老實，又有長官舉薦，老祖母覺得可以放心將母親託付給父親，但因媽媽才剛小學畢業，還想繼續升學，此時金門還在和共軍作戰，時常都要去防空洞躲避砲彈襲擊，生活很不安定，爸

父親母親的結婚照。

爸決定將媽媽送到臺灣讀初中，由他的少將長官太太來照顧媽媽。在搭機來臺的途中媽媽嘔吐得很厲害，不能吐在飛機上，只好將鞋子衣服拿來當嘔吐袋，來臺後媽媽才發現自己已經懷孕，本來打算去臺灣讀中學的計畫只得作罷，還是小孩子的媽媽居然就要當媽媽了！

臺灣成家立業

來到臺灣後媽媽就住在爸爸的長官少將家，爸爸仍在金門工作養家。少將夫婦膝下無子對媽媽十分照顧，視如家人。爸爸盡量把薪水全給媽媽，並且細心叮嚀，少將夫婦為人敦厚不會收我們住宿錢，但他們也不是很富裕，所以買菜的錢我們一定要主動拿出。

於是，年輕的媽媽不但開始學習買菜做飯，研究爸爸家鄉江西料理，還要懂得量入為出、樽節開支。當時青菜一把只要五毛錢，週間只有母親和少將夫人一起吃飯，花費不多，但到了週末，少將會從新竹回家，還有幾位親朋好友都會來相聚一起吃飯，就要買很多肉和菜，擺出像樣的桌宴，既要豐富美味又必須精打細算。少將夫人平常靠著幫人打毛衣賺些零錢貼補家用，母親跟著她除了學會做江西家鄉菜，很快也學會了打毛衣。媽媽聰明伶俐又勤快，看了就懂，有什麼學什麼，一學就會。

懷胎十月，媽媽順利的生下了大姊，當時家裡通常都用燈芯爐燒飯，但是小嬰孩洗澡需要比較多的熱水，所以就到隔壁鄰居家借煤球來燒熱水，為了燒足夠用的洗澡水經常就要忙一個早上。大姊又時刻都要人抱，因此母親和少將夫人只好輪流抱她、換手吃飯，鄰居看到少將夫人因為大姊出世後從早忙到晚，都笑她是自找罪受。少將夫婦對待媽媽如同親生女兒般的呵護疼愛，母親至今仍時時提起，滿懷感恩。

爸爸遠在金門工作，幾個月才能回來看媽媽一次，心想這也非長久之計，於是辭去了菸廠的工作來臺定居。初期跟朋友一起投資開煤礦，但終究失敗收場，手頭拮据時，就去賣一些金子生活。有天在朋友聚會中，爸爸認識了考選部的某長官，長官得知父親有家室，孩子又剛出

全家福，媽媽抱著的是我，我是老么。

生，處處需要錢用，但還沒有找到工作，就熱切的對父親說，再大缸的水，天天喝，很快就會見底的，當務之急是找份安穩的工作。長官問了父親的專長，並要他第二天到辦公室去，當時考選部出納科剛好有一個空缺，長官就安排父親在出納科當起臨時雇員，因為表現專業又優異，很快就升任正式員工，月薪四百五十元。政府遷臺初期考試院暫借臺北市大龍峒孔廟辦公，一九五一年才遷移到木柵溝子口現址，所以爸爸當時每天都要到公路局搭公車上班，不過，生活終於漸漸穩定了下來。

媽媽生了大姊之後，陸陸續續又生了二姊、哥哥和我，中間都剛好隔三年。大姊二姊是健康寶寶很少生病，哥哥出生不久就經常拉肚子，媽媽常常要抱著他到中山北路的小兒科去看醫生，這要坐一段公車再坐三輪車才到得了，去一趟耗時費力，大姊二姊必須託鄰居照顧。在那個純樸的年代，左鄰右舍就像大家庭裡的成員，守望相助、互相照顧。據媽媽口述，當時有個太太剛生了孩子，但長奶瘡無法餵奶，就來拜託媽媽是否可以幫她餵奶給孩子，媽媽因為也正在餵大姊吃奶，馬上就答應了，那位太太感激不已，認定媽媽就是她這輩子最好的朋友。當時家家戶戶大都有養雞鴨，每天有吃不完的蛋，鄰居們就幫媽媽帶孩子、洗尿布，讓她能抽身去當時著名的烘焙器具材料行「白鐵號」提供的烘培課程上課，學做蛋糕、月餅、麵包，媽媽經常是做了就大家一起分享。媽媽的養父也常從金門寄來米糕、花生，媽媽絕不私藏，一定是家家都有，那是一個充滿歡樂、無憂無慮的似水年華。

敦厚善良傳家

隨著考選部的規模日漸擴大，考試院整個遷移到木柵來，也就近在溝子口蓋了員工宿舍，我們很幸運分發到了一間獨立宿舍，從此，爸爸上下班就方便許多，中午可以回家吃飯午休片刻，孩子們也在考選部附設的永建國小上學。記得有一次媽媽身體不舒服，去三總掛急診，吃了藥也未見好轉，於是就寫信跟外公說，外公外婆接到信後決定來臺灣看媽媽。他們第一次來臺灣，人生地不熟，在高雄下了船就沿路詢問如何坐車到臺北，千辛萬苦抵達我們家後，外公親自問診把脈，到中藥房買藥熬煮讓媽媽服用，澈底根治了媽媽的病，以後再也沒有犯過，外公果然醫術高明。

考選部大樓在第一次興建時，曾因建商偷工減料突發坍塌事件，一些人不幸喪命在斷垣殘壁之下。父親的朋友看到新聞報導後，立刻叫了三輪車奔到家裡探視，看到爸爸好端端的正在廚房洗碗，當場淚流滿面、喜極而泣，嘴裡不斷說著：「感謝主！感謝主！」媽媽對這位朋友的情深意摯相當感動，後來也受洗成為虔誠的基督徒。媽媽行善十分低調甚至認為是本分，她經常默默奉獻，除了長期在教堂擔任志工外，遇到需要急難救助時總是立即捐款盡力幫助，這些事情都是最近我才知道，而她已經默默行善了

我們全家在爸爸任職的考試院門口合影。

我國小四年級的獨照。

四十多年。

我小時候覺得自己的家庭很普通，長大成人後才發現並不簡單，因為我的父親母親都非常的敦厚善良，而且他們相親相愛、相敬如賓，做出最好的榜樣，直接影響到我們兄弟姊妹及現在的第三代。法國哲學家盧梭曾說：「真正的教育不在口訓而在於實踐」，最有說服力的教材就是榜樣，而家庭生活比學校更能提供這種教材。

我們家四個兄弟姊妹現在都各自擁有美滿的家庭、兒女與事業。以我為例，我的個性比較像媽媽，向來熱情開朗，平日喜歡用書法鼓舞自己也激勵別人。文字是有力量的，一本書需一段時間閱讀，但一幅字畫卻能在印入眼簾的瞬間，發酵為深刻的體悟，直接影響到人的思想行為。日前打算推出「正能量書法」，所以就每日一書，內容都是我將近六十年來的人生經驗，以樸實真誠的話語用一幅畫般的範圍表現，讓人一目了然、心領神會。目前已經累積有「你最珍貴」、「心情皇帝大」、「有知有覺的過生活」、「熱情在那裡成功就在那裡」、「人生有如翹翹板」、「聽和說一樣重要」……等多幅作品，每天和好朋友分享共勉。

作家楊絳與錢鍾書都是民國名人，楊絳的《洗澡》和錢鍾書的《圍城》兩部暢銷書令他們夫妻倆聲名遠播。錢家唯一的女兒錢媛是他們在英國牛津大學留學時的獨生女，後來擔任北京師範大學英文系教授，一九九七年病逝，不久錢先生也撒手人寰。面對人生摯愛一一離去，楊絳以九十二歲高齡寫下回憶六十三年來一家三口的點點滴滴《我們仨》。每每讀到書中娓娓道來的夫妻深情、風燭殘年回憶往事的人生滋味、一家三口相依為命的真摯情感，常讓我想起與妻、女亦是三個人，慶幸的是，我們沒有民國初年烽火政爭中的坎坷歷程，擁有的始終是讓人嘴角上揚的甜蜜溫馨。這種恩愛的情感應該遺傳自父母也感染到女兒的心靈，看她五歲時捏陶土、做美勞都是緊緊依偎的三人組，而當我沿著花蓮七腳川溪散步正巧看見三隻牛時，很自然地把牠們看做一家人，按下快門，捕捉那亦步亦趨、相互依隨的恬淡幸福。我認為，這就是父母給我的身教與人生價值觀。

大時代的悲劇

在大陸還沒開放探親前，爸爸私下透過朋友幫忙，輾轉得知大陸的結髮妻子一直未再嫁，獨自扶養兩個孩子長大。因為大媽年輕時脾氣不好和爸爸常常爭吵，爸爸負氣離家當兵打仗直至大陸淪陷來臺，錯過了和妻兒相見的機會。隨著時間的流逝，大媽雖後悔當初自己的任性，但始終不知道爸爸的生死下落，僅能咬牙憑藉北京大學中文系的學歷教書寫作，獨自扶養兩個孩子長大。當他們再次以書信聯繫起來時，兩人只能隔著臺灣海峽掩面痛哭，時代的悲劇，誰會料想得到當年的負氣離家竟是天人永隔，從此不再相見？爸爸與大媽沒來得及等到相見就先後離世，真是「花自飄零水自流，一種相思，兩處閒愁」。

我的媽媽一直不知道爸爸在大陸有一個結髮妻子，在爸爸鼓起勇氣告訴她時，她不但不生氣還主動拿出所有積蓄，要爸爸寄回大陸給那苦命的大姊，這種豁達大度讓爸爸當場感激落淚。當時大陸的生活條件不好，爸媽開始寄錢給大陸的大媽和大姊大哥，爸爸也一直希望去大陸探親，但是當時尚未開放，等到開放探親的時候，爸爸已經過世了。爸爸走得太早，但也算是壽終正寢，在家中與朋友歡聚同樂後，於睡夢中腦溢血離世。當年我剛好大一，頓時失怙，悲慟不已。

海峽兩岸的廖家都是敦厚之人，爸爸無法赴大陸團聚，我的大姊、姊夫、哥哥在開放後都陸續專程跨海前往探望，逢年過節媽媽依然持續寄錢給大陸的兒孫聊表心意。大媽和媽媽一直以姊妹相稱，雖然沒有見過面，但是書信往返不斷，每次收到大媽的信，總是厚厚的一疊，好像要將這數十年來的懸念相思向媽媽傾訴也略遣悲懷，即使爸爸離世，她們仍然維持通信、彼此關心。大媽曾將她與爸爸的故事寫成小說，獲得大陸全國小說比賽的大獎，不久，大媽也到天堂與父親相聚。

這就是我父親與母親的故事，看似平凡的日常點滴，卻是形塑我們成為社會有用之人的典範。現在媽媽已經八十三歲，當了曾祖母，四代同堂，兒女及兒孫輩都非常孝順，媽媽每天笑口常開，凡事感謝主，每個人在她心目中都是好人。爸媽的婚姻讓我深刻體會並要具體實踐〈帖撒羅尼迦前書五：16－18〉：「要常常喜樂，不住的禱告，凡事謝恩，因為這是神在基督耶穌裡向你們所定的旨意。」

本文作者

廖慶華，澳洲旋濱科技大學設計博士，藝術與設計學系教授，現任東華大學教學卓越中心主任兼校務辦公室執行長。個性熱情活潑，興趣廣泛，喜歡西洋老歌、網球、紀錄片、書法、美食，目前專注在現代書法藝術創作及正能量書法推廣。

精靈剝後還歸復：記我不該灰飛煙滅的家族往事

陳復

提筆，停筆，再提筆，如此周而復始著。我從來沒有寫一篇文章，像是寫這篇散文一樣，讓我充滿著回憶，更充滿著猶豫與痛苦，幾度反覆琢磨著該如何下筆，這不是單純的寫作，這是訴說我血淚交織的家族史。

從我意識到我的出生背景，我就意識到自己的不平凡，更讓我對於歷史有著如癡如醉的關注，這是因為我的家族本身就是一部歷史，裡面背負著整個中國的動盪不安，這些都變成我生命的核心內容，縈繞在我心頭徘徊不去。

爺爺奶奶的故事

我的爺爺是陳受富，他的祖籍在福建省南平市延平區（該區過去稱作南平縣）爐下鎮，係唐御史中丞陳雍第十三世孫北宋進士陳麟的後裔，陳麟是個性很耿直的政府官員，曾任閩縣知縣。當時有人說神仙要降臨天慶觀，郡守認為很神奇，要將這消息稟告朝廷。陳麟堅決不同意，郡守很憤怒，其他官員都很害怕，要陳麟改變心意，陳麟卻絲毫不妥協，他不慌不忙回答：「皇上即使能欺騙，上天都不能欺騙啊！」於是，這件事就平息下來了。有人藉由朝中權貴的幫忙，要遷移百姓的祖先墳墓，並把這事交給陳麟去辦，陳麟不答應，該名權貴派來的使者藉故杖打縣差來要挾，陳麟始終沒有動搖，那名使者又向各縣徵索奇花怪石，各縣的縣令唯命是從，只有陳麟不肯執行，使者派人對陳麟說：「你依仗誰，膽敢如此囂張？」陳麟回答：「我本清寒小官，只是潔身自守而已。」

陳復的父系祖父陳受富與祖母黎莉。

當我讀到這則故事，立刻就覺得跟我爺爺的處事風格很像，他畢生做事都是一板一眼，原則性極強，不願意跟他看不慣的作法有絲毫妥協。記得《唐詩三百首》中唯一有位福建籍的詩人是晚唐時期陳陶，他同樣是我們家的祖先，其作品〈隴西行〉內有「可憐無定河邊骨，猶是春閨夢裡人」這一段名詩，我從童年時期就耳熟能詳。延平這裡自古就是軍事與交通的要道，素有「銅延平、鐵邵武」的說法。記得我童年時期爺爺就告訴我，自己父親（我的祖爺爺）

陳傳立是一名中醫大夫，他行醫於江湖，在老家有座山是自己的祖產，山上種植各種樹木，林木長大後，爺爺與他哥哥兩人會砍伐編成木筏，由閩江順流而下至福州販售，這件事情我後來竟在國中的地理課本讀到，心中甚感神奇。

我的爺爺出生於民國八年七月二十日（陰曆），他曾住過南平下面的沙縣（福建省三明市沙縣區），初中與高中都念福州中學，由於長期在這裡生活，對他而言，他同樣會覺得自己是福州人。因對日抗戰爆發，爺爺慨然投筆從戎，念黃埔軍校第十七期畢業，擔任上尉，負責電報通訊工作。民國三十四年抗戰勝利後，他負責到本來的淪陷區展開接收工作，跟著部隊來到杭州。由於我奶奶的住家被國軍徵收用來當軍營，導致全家流離失所，我的爺爺發現此事，幫忙居中協調，讓部隊撤離奶奶家，我奶奶對爺爺心懷感激，兩人陷入愛河並共結連理，隔年國慶日就在杭州舉辦婚禮，證婚人是蔣經國的老師吳稚暉先生，兩人婚後住在杭州市永金門韶華巷五號，那裡是中西合璧的典雅民居，就在西湖十景柳浪聞鶯一帶，我的大伯與爸爸並接續在這裡出生。

在我們家中，我奶奶黎莉是一位極其強悍並頗有威儀的女性，她出生於民國十八年七月四日（陰曆），我從童年閱讀過《紅樓夢》這本小說，就完全覺得她像裡面描寫的賈母，她自己都跟我說：「《紅樓夢》裡面的場景與人物，跟我的童年經驗如出一轍。」奶奶出身於官宦世

▲陳復的母系祖父陳秉貞與楊月華。

▼陳復的父親陳祖洪參加母親陳履端的大學畢業典禮。

家，最特別的事情是說，她的曾爺爺是清軍將領黎昌統，當李秀成指揮六十萬太平天國的軍隊，決志奪取上海的時候，上海三度爆發激烈的城市保衛戰，黎昌統曾擔任定海砲臺司令，跟著江蘇巡撫李鴻章的淮軍擊潰太平軍後，在街上看見四位太平軍的孩子，孩子的父母都已戰死，他自己膝下無子，覺得這些孩子孤苦無依，就讓他們跟著自己姓，帶他們回定海生活，撫養他們長大，其中一人就是我奶奶的爺爺黎本源。

我自童年就常聽奶奶說這個故事，這讓我很高興發現自己竟然是太平軍與大清軍混成的後裔子孫，更讓我確信自己身上流露著正規與反叛交熔於一爐的特質。奶奶在舟山群島的定海老家建築規模宏偉，家裡滿是古書與古畫，奶奶幾度跟我說他們過年或過節時，總需要把家中藏書全攤開在地上，在大太陽底下曬書，家中甚至收藏有文徵明的畫，這讓奶奶的父親黎松發（後改名黎之權）受到良好的教育，後來到天津擔任銀行的行長。奶奶說自己童年時，平日家中都有成群的丫鬟與長工在伺候著各種生活起居事宜，她不愁吃穿，這種家庭教育的養成，使得奶奶終其一生，長得儀態萬千，看來就是名門閨秀的樣子，舉手投足展露著傲人的氣派，儘管她來到臺灣後日子過得極其辛苦，卻依然不改這種生活風格。

奶奶後來輾轉居住於杭州與上海這兩個城市，因此，我母親總會把奶奶這種生活風格稱作「海派」，其實我直到青年時期，對於我奶奶的這種風格很不適應，我並不喜歡對待人有絲毫傲慢的眼光。我母親雖然生活樸實，卻同樣很希望我做人處事能展現得更有氣派，她總會說：「大家風範就是我們的家風。」她心中大概始終很希望我能替她爭光。因我是長孫，奶奶很疼我，童年時期，她曾把我抱在懷裡，跟我講過這個故事：她的母親黎朱氏具有通靈體質，曾帶著她從寧波到天津看望父親，結果輪船航行到東海上遇到暴風雨，輪船幾乎要翻覆，這時候黎朱氏虔誠對天禱告，竟然觀世音菩薩在雲中現身，降祥光照撫著這艘船，讓其平穩開往天津，觀世音菩薩還跟黎朱氏說：「黎莉未來會來到一座仙島上，後世子孫將有一大事因緣，你們要善自珍重。」

這種具有神祕主義（occultism）調性的故事，讓我常聽得津津有味，並開啟我後來從學術研究角度探索這些靈性議題的一扇窗。我後來才知道，舟山群島中的普陀山是觀世音菩薩的道場，屬於中國四大佛教名山，寧波人中尤其是舟山人普遍都有觀世音菩薩的信仰，如此纔能解釋我家中從來都有銅製的觀世音菩薩雕像，而且我奶奶為何終生都虔誠信仰觀世音，這就是她的鄉愁與源頭，使得我至今在家中依然在祖先牌位牆上掛著一幅觀世音石刻頭像，這對我個人而言已是種藝術而不是種信仰，作為我對於奶奶的永恆懷念。我奶奶同樣具有通靈體質，有趣的事情是說，我曾在靜坐中聽見一段從遙遠空間傳過來的聲音，結束後立刻錄音下來，並突發奇想，拿去問奶奶這是什麼意思，她一聽立刻回答說：「這是我們寧波的家鄉話，內容說『陽明先生請保佑弟子』。」

心學宗師王陽明先生是餘姚人，餘姚現在隸屬於寧波市，奶奶聽得懂這段話的意思並不奇怪，沒想到她還跟我說自己在家鄉早就聽過這首詩：「五十年前王守仁，開門原是閉門人；精靈剝後還歸復，始信禪門不壞身。」這首詩出自於我奶奶口中，特別令我覺得意味深長，讓我覺得自己與陽明先生有著幽微的連結，這是發生在我二十七歲前的事情。回到民國三十八年五月二十三日夜晚，上海即將淪陷，外面炮聲隆隆，我爺爺前一天受命到崇明島開會，奶奶跟著部隊在上海駐紮，兩人聯絡不上，奶奶牽著大伯並抱著爸爸，本來焦急在吳淞碼頭等著，當軍艦都準備要撤到舟山群島了，奶奶始終等不到爺爺回來，決定帶著兩個孩子，領著爺爺的通訊部隊先上船，爺爺則自己在崇明島搭軍艦離開到高雄去了。

來到定海老家，我的爸爸還發高燒，奶奶向觀世音菩薩禱告說，如果我父親能退燒，她願意終生初一與十五茹素還願，後來我的爸爸果真康復了，奶奶的確終其一生履行這個諾言。她在定海老家待一年左右，到民國三十九年五月十三日，舟山群島都已經在共軍的包圍網中，蔣中正決定將舟山群島的十二萬國軍與兩萬當地居民全數撤到臺灣來，舟山海域悄悄停泊八十艘運輸艦，她再度帶著兩個孩子與我爺爺的通訊部隊上船，五月十六日，她手握著浙江省政府主席石覺發表的〈告別定海民眾書〉，看著舟山熟悉的街景逐漸隱沒於海中，後來我纔意識到，我的家人當年經歷的事件就是歷史上著名的「舟山大撤退」，其意義如同第二次世界大戰發生在法國的「敦克爾克大撤退」，這種感覺何其淒涼與悲壯。

奶奶帶著大伯與爸爸在基隆上岸後，到處託人詢問，得知爺爺在高雄的軍中，最後輾轉搭車，在高雄火車站跟爺爺相會。亂世浮生，這對夫妻在上海不經意別離，相隔一年，在高雄終於見到面，我不難想像兩人相擁而泣的場景，相比於當年無數個中國的家庭，這已經是最幸福的結局了。沒隔幾年，民國四十七年，八二三炮戰爆發，我爺爺再度到最前線作戰，戰爭結束後，他就申請退伍，到中國航運公司擔任報務室主任。奶奶則到電信總局上班，她是極早期就有工作的職業婦女，獲得好幾種服務獎章，那時候電信總局設立在臺北的小南門外，童年時期，奶奶常帶我到隔壁去吃福州人經營的傻瓜乾麵，我最喜歡吃福州魚丸，那或許寄託著某種我們對於故鄉的懷念滋味，後來到福州去吃，發現味道果真完全一樣。

爺爺對我而言是個極其嚴肅的人，我們兩人有嚴重的心理鴻溝，但當他過世前幾天，人已經在昏睡狀態，我來到醫院看他，他都還是立刻喚我一聲「小凡」，我突然真正體會到我們有著始終緊密牽繫的祖孫關係，奶奶何嘗不是如此呢？她後來處於失智狀態，什麼人都認不得了，還是記得我是誰，這讓我覺得自己在他們心中始終有個位置。直到我在社會做事，逐漸發現臺灣社會的教育已經嚴重劃開我們中年人與年輕人的心理距離，我逐漸反過來能體會爺爺曾經歷過什麼樣慘無人道的戰火流離，這讓他變得沉默寡言，並且始終與我們有距離，但我對此已然釋懷。我的爺爺是個軍人，經歷過殘忍的戰爭，不只聽過槍聲與炮聲，更看過死人，有著嚴重的創傷記憶，不苟言笑，其實再正常不過了。

公公婆婆的故事

我的公公陳秉貞，就是我的外公，他的祖籍是福建省福州市連江縣鳳城鎮，出生於民國十年五月十日（陰曆）。鳳城鎮最重要的鄉賢就是陳第，他是明朝中晚期相當著名的聲韻學家，平生不喜歡受傳統束縛，愛擊劍，這是我公公的祖先，他曾向戚繼光上〈平倭策〉，後來都督俞大猷覺得他頗有才智，招攬陳第到自己幕下，教他學習兵法。萬曆三十年，倭寇不斷搶掠廣東、福建、浙江這些沿海地區，並將臺灣當作巢穴，名將沈有容率領二十四艘軍艦渡海前往臺灣大破倭寇，並在臺南待二十餘天，陳第隨軍同行，觀察當地平埔族的風土民情，寫成《東番記》這本書，這是最早認識平埔族的歷史文獻。陳第最大的興趣就是收藏書籍，將世居的龍西舖世善堂作為藏書樓，收藏歷朝珍稀古籍頗豐。

我的公公在連江是望族，他們家累世在連江開設陳記錢莊，整個連江三分之二的土地都曾是其家族擁有，公公的父親是鳳城鄉紳陳利錦，他為人正直忠厚，克勤克儉，濟困撫苦，信譽日隆，使得家業頗盛，陳記錢莊的商號馳名晚清時期的福州內外。太公很小的時候母親林氏就不幸過世了，十二歲時父親同樣因病去世，只好由繼母撐起龐大的家族，但是繼母做人善良卻相當懦弱，可謂很典型的「婦道人家」，她不善於處理錢莊生意，導致鉅額虧損，家道就此中落，家產被族人用各種理由瓜分殆盡，在連江只剩下一座三進大的陳家大院，後來生活幾陷於絕境，不得不變賣掉兩間院落，只剩第一間正門的院落。

我曾三度去過這裡，從頭到尾快有兩百公尺長，裡面的裝潢相當精緻古典，可想像當年的輝煌，只要甫進正門，很容易就會被挑高寬敞的大廳震懾住視野，雄偉結實的檜木梁柱，配上精緻的雕刻，讓人目不暇給，三個院落內這數十年來各自加蓋隔開的房間，依稀可見明末至今整個中國的滿頁滄桑，這是唯一我能跟自己祖輩產生連結的具體地點了。這間座落在福州市連江縣鳳城鎮八一六東路六十四號的陳家大院，本名積慶堂，為四進三院的大型明清古建築，始建於明朝天啟六年（一六二六），由陳第裔孫陳肇復奉父命修築，陳肇復父親陳祖念精通易理，曾取《周易・坤卦》裡「積善之家必有餘慶」的涵意，示其不忘本自世善堂出。陳肇復後將世善堂交由長子陳元鐘繼承，故由二子陳元鼎繼承積慶堂，他並擴大構築，使得陳家大院粗具規模。

我公公與大姊陳端容長期相依為命，兩人感情甚篤，姊姊儘可能保護著弟弟，如同母親一樣關懷備至，公公長大後考取福建省立三都師範學校，僅差一年就要畢業，因日本侵略中國日亟，全國大專青年積極響應號召抗日，他毅然於民國二十八年十一月再投考中央陸軍軍官學校，報效國家於戎馬，跟我爺爺同樣是第十七期的軍校生，他從福建緊急行軍，來到江西、湖南、廣東與廣西諸省，最後駐紮在貴州受訓，期間不斷跋山涉水與披荊斬棘，每天餐風露宿，親歷各種生死存亡就在一線間的戰鬥，但他毫不畏懼，最重要莫過於讓他在過程中從一個富家子弟蛻變成革命軍人，塑造其高尚的人格與堅強的意志，對國家有著強烈的熱愛，並培養出負責任與守紀律的情操，這成為我公公終其一生安身立命的態度。

期間，公公的大姊嫁林姓人家，因日機轟炸，房屋不幸被炸毀，且自己先生已過世，公公擔憂大姊端容隻身飄零，邀請她帶孩子回來老家居住。直到日本投降，公公偕我婆婆與我母親回來陳家大院居住，住不滿一年，旋即爆發國共戰爭，他立即面臨留下或離開的艱難抉擇。公公本來對國家發生內戰深感厭惡，他想要守在老家連江，跟家人長相左右，但我婆婆很堅決跟他表示：「你是國軍的軍官，你只要留在連江就要被迫害，你不離開，我就帶孩子離開。」這種堅決的態度促使我公公決定效法先賢渡海來臺。離開前，公公對大姊端容很不捨，含著淚緊緊握著大姊的雙手說：「請姊姊幫我守住陳家大院，您要等著我回來！」大姊不住點著頭，這是他們姊弟間的承諾，卻始終無法兌現。

我的公公很重情義，他攜帶全部未結婚的弟妹，由福州來到臺灣。但公公與大姊一別就是天人永隔，他們此生再沒有相見。後來大姊端容就成為僅剩一院的陳家大院的守屋人，癡癡在陳家大院等待著弟弟回來。公公過世前，一直難忘陳家大院，尤其難忘住在大院裡曾經含辛茹苦照顧自己的大姊，可惜兩岸隔絕，他始終無法完成心願，甚至過世前的最後一封信都還在關注著大姊與其孩子。我的公公顯然繼承祖先文風，畢生喜歡讀書，擅長寫古詩，他跟我的母親感情甚深（我母親係長女），我母親覺得我的性格跟公公最像，甚至不自覺拿我公公對她的期望轉到我身上，因此，當我徹底用自己的人生結束我公公一生不得志，內蘊的鬱鬱寡歡，並承襲我公公對國家的忠誠，相信她心中很是安慰。

接著，我要談我的婆婆楊月華，她出生於民國十二年八月二日（陰曆），祖先楊應琚曾經擔任雲貴總督，家中累世在做官，楊應琚博學多才，是個精明能幹且政績顯赫的官員，曾經備受乾隆皇帝信任，畢生積極倡導儒學，任官所在都在興辦文教，重視公益事業，後來因面對滇緬間土司常與緬人衝突，他晚年揮軍督師進攻緬，率領孤軍三千人深入緬甸境內，不幸戰敗，被乾隆皇帝下令賜死自盡。楊應琚的兒子楊重英在父親過世後擔任通使去緬甸議和，被拘留在新街的佛寺，乾隆皇帝本來得知他被俘很憤怒，諭令來年他回來時將其上手銬與腳銬逮捕，沒想到二十五年過去了，楊重英始終沒有投降，未改衣冠服飾，等到乾隆七十歲誕辰，緬甸終於乞和，將楊重英放歸，雲貴總督富綱立刻將其逮捕押解回北京。

這時候乾隆皇帝覺得自己治理此案過嚴，已有相當悔意，覺得楊重英的節操有如蘇武，就下令旌忠表彰，沒想到聖旨剛到雲南，楊重英已經病死了。這件事情對於楊家的最大影響就是家破人亡，後世子孫就此居住在昆明。我們家中有一對來自楊家累世相傳的玉鐲子，本來都只傳給媳婦，後來因我婆婆的父親楊景鵬沒有生兒子，就交給我婆婆，我婆婆再交給我母親，我母親則交給我太太，我太太則留給我兩個女兒。楊景鵬同樣是清末民初時期的政府官員，曾在雲南與四川擔任官職，據我婆婆告知，當時政府規定全部人只要進城都得要下馬接受盤查，結果雲南茶馬古道的馬幫中人來到楊景鵬管理的縣城未經通報且並沒有下馬，而是直接騎馬進縣城，被人告發瀆職，這件事情讓楊景鵬被逮捕入獄。

楊景鵬在這件事情中其實有如含冤受過，當時袁世凱正權傾一時，他下令將楊景鵬革職，使得楊景鵬回到昆明家中，人變得極其意志消沉，每天借酒消愁，自暴自棄，這時候其太太過世了，楊景鵬對於我婆婆完全不聞不問，使得我婆婆完全沒有受教育的機會，終其一生除自己名字外幾乎不認識字。很有意思的事情是說，我婆婆有個姊姊後來嫁給唐繼堯成為姨太太，她得知袁世凱要稱帝，蔡鍔將軍先裝瘋，再從日本逃到廣州，請唐繼堯共同舉兵出征，唐繼堯正猶豫不決，婆婆的姊姊就建議他支持蔡鍔來對抗袁世凱，這影響唐繼堯組成護國軍，宣布從雲南攻打到北京，讓袁世凱稱帝不成，最終氣急敗壞而亡，這段歷史有如蝴蝶效應產生的影響，讓我逐漸意識到人做事不只要慎謀能斷，更要考慮因果。

公公與婆婆相識於昆明。民國三十一年七月，我公公奉調到昆明市軍政部第十無線電臺工作，十月，他報考航空委員會雲南防空情報所第二總臺，改掛空軍。這段期間，因我婆婆在昆明的醫院擔任護士，他到醫院探望部屬，兩人因此相識與相愛，民國三十四年九月三日政府宣布對日抗戰勝利，兩人因此成婚。公公最深刻的記憶，就在夫妻剛結婚沒幾月，隔年一月，公公就奉調至廣東省汕頭市空軍第三十九無線電臺工作，當年五月，婆婆一個女人萬里尋夫，由昆明來到汕頭跟公公團聚，夫妻兩人鶼鰈情深，我母親就誕生在這座城市。公公離開大陸的時間點在民國三十八年五月二十三日，當時福州不到三個月就淪陷了，政府已準備撤守福州的軍事基地，公公攜家帶眷離開福州，此生再沒有歸鄉。

公公在民國五十二年退伍後，轉到臺中私立光華高級商業職業學校任教，終於回到他人生本來該發展的軌道，國家如此多難，讓他直到中年才完成自己當年的願望。婆婆則始終是個家庭婦女，公公婆婆家在虎嘯中村，成為我童年時期寒假與暑假最常去玩的地點。我的婆婆手藝絕佳，我每到婆婆家就有她親手做的好吃食物可吃，我常看著她忙著灌香腸，然後掛在院子曬，蟬聲唧唧，臺中炎熱的午後會讓我不知不覺睡著了。虎嘯中村外面就是孔廟，我沒事就帶著表弟與表妹去那裡玩捉迷藏，這讓我對於孔子有著特別的情感，並對於那些祭祀空間產生特別的感覺，孔廟的櫺星門好像一道時空門，讓我跟古老的時空始終連結著。我是個徹底出身於眷村的孩子，爺爺奶奶與公公婆婆都生活在眷村中，使得我成長過程的生活經驗都是眷村經驗，這裡面充滿著我的美麗與哀愁。

爸爸媽媽的故事

我的爺爺與我的公公都是福建人，但奶奶是寧波人，婆婆是昆明人，父親出生於杭州，母親出生於汕頭，我出生於臺北市，面對自己長輩橫跨大陸各省的家世背景，我很早就意識到自己是「外省人」，我全部身世中的美麗與哀愁都來自於這個印記。我爺爺奶奶最早落腳的地點就在臺北市青年公園外面的克難街，那是民國四十二年至民國八十二年政府最大規模眷村聚集地點，我們家在克難甲村，我還記得地址是克難街一八六號，就在大馬路上，我自童年開始，最深刻的印象莫過於大批軍隊行經克難街，中間還有坦克車與吉普車，更有載運大砲的運輸車，那些轟隆轟隆的聲音震耳欲聾，讓我什麼事情都不能做；更常見每個月就會有軍車載著蛋米油鹽等各種民生用品，我們家要拿糧票來兌換這些補給品。

住在眷村的外省人，不論如何落魄，在家門內因貧賤夫妻百事哀，爭得臉紅脖子粗，出門在外總會穿得整整齊齊，絕對不讓人看出來自己家境如何淒涼。其子弟有兩種類型，一種是認真讀書，考上大學後成為社會菁英；一種是參與黑道，拉幫結派混成為角頭老大。我的父親陳祖洪就選擇做前者，他生於民國三十八年六月十五日（陰曆），來到臺灣生活後，從童年時期就奮發向學，我們家中始終流傳這樣的話：「我們家中沒有田產，認真讀書就是我們唯一的機會。」因此父親從初中到高中都念建國中學，後來更考上國立成功大學化學工程系，儘管他很喜歡國文與歷史，甚至終其一生平日閒暇時都會讀這些書（尤其胡適與李敖寫的著作），但他還是選擇畢業後立刻就有工作的科系就讀。

這就是我父親對於這個世界的回應。他意識到我們家中資源的貧瘠，因此他能做的事情就是認真讀書與認真做事，從而改變家道中落帶來處境艱難的局面。他不太喜歡講些好高騖遠的話語，做什麼事情都會事先盤點自己目前擁有的資源，做出損益評估，這使得他後來就業，創造出如同王陽明先生一樣的「不敗奇蹟」，從進去華夏塑膠公司擔任工程師，到被提拔擔任廠長，最後最高做到總經理與總裁，只要是他經手與管理的事情，業務與獲利都是蒸蒸日上，退休後再被其他科技公司與塑膠公司聘任擔任總經理，直到現在七十五歲都還在職場擔任高階經理人。如果我的理想傾向來自於母親，我的務實傾向絕對來自於父親，最有趣的事情是說，他有一座紙鎮，上面刻著他的座右銘「直上中天摘星斗」，而中天閣則是陽明先生在家鄉講學的地點，我常拿著這座紙鎮端詳不已。

但這並不是說我父親沒有理想性格，他直到現在任職於大洋塑膠公司，每週都要跟三百餘名員工舉辦朝會，暢談做人處事的道理，這種如同「講學」的風格，我應該是完全繼承了。最特別的現象是，他畢生不喝酒且不打牌，更從不跟人交際應酬，只是誠誠懇懇做人處事，這種如同苦行僧的異類風格，使得有些同事極度不適應，有些同事則發現跟他相處很簡單，只要彼此真心相待即可。我在潛意識中同樣繼承這種風格，由於我在父親與母親的薰陶裡，家中完全沒有什麼複雜的社交，我開始到社會工作後，言行舉止曾如同一張白紙，看來實在「過於單純」，這在我心中曾有很大的掙扎，後來我還是決定「做我自己最愉快」，經過這二十餘年的歷練，發現這種作風的確還是能在社會中擁有自己的一片天空，社會最終還是要看基本面，畢竟有沒有績效始終是最重要的事情。

父親曾數度告訴我：「我小時候沒有選擇的機會，因此只能念理工，但我最起碼能讓我的孩子有選擇的機會。」我想，自己這輩子都要感謝我父親帶給我相對較優裕的機會。我常覺得個人的成就不是只來自於個人的奮鬥而已，背後更有著祖先累世庇蔭的因緣所致，我後來能展

陳復的父母結婚合照。

開我終其一生的「尋根的學思歷程」，其實從我的祖先到我的父親，沒有這些人的庇佑與照顧，我不可能有今天的果實。我們的童年都在克難街度過，我們家是鐵皮與石瓦當屋頂組成的破舊房屋，從童年到現在，我已經無數回作夢會夢到這間破舊房屋中發生的各種鬼故事，這不見得是裡面真的有鬼，而是這間房屋帶給我的陰森感覺，那種人的悲慘與路的骯髒交疊的生活環境，讓我童年時期無數回會問：「我怎麼會出現在這裡呢？」

這就是我最早對於家的印象。回到鬼故事，這間破屋的確還是真有鬼故事，只是不是發生在我身上，而是發生在我小姑姑陳曉薇身上。她是個大膽狂放的人，完全繼承我奶奶海派的風格，這一生日子過得可謂驚濤駭浪，更承襲我奶奶的靈性體質，發生很多靈異事件，我從她那裡聽過無數個親身經驗的鬼故事。有一回，我的大姑姑與小姑姑兩人在家中合照，大姑姑坐著，小姑姑站著，後來照片洗出來，小姑姑發現有個如霧狀的人手握住她的小腿，但拍照當時卻毫無異狀。小姑姑喜歡抽菸，一天要抽四包，五十一歲就在美國得肺腺癌過世了，死前還吃十八顆西瓜圖個痛快來自殺，更奇特的現象是，死後她還來到我奶奶的夢中告訴她自己要離開人間了，讓我奶奶在睡夢中驚醒，接著就聽到電話傳來噩耗。

眷村經驗對我而言充滿著愛恨情仇，那種破敗與卑微，讓我永生難忘。克難街如其名，那是個苦難中國具體而微的縮影，童年時期我沒有聽過閩南語，倒是聽著無數種來自大陸的南腔北調，更看著精神異常的孩子與婦人，在這些街上穿梭來回，使得童年時期的我，有如站在陰陽交界點，始終看不清人與鬼的距離，譬如我要搭公車上小學，總是看見某個披頭散髮的女人鋪著棉被在地上，每天不斷對著無人的面前喃喃自語，或抱著洋娃娃餵奶，每當她詭異地看著我微笑，我都會心中悚然一驚。我更常在公車上看見斷手或斷腳的國軍士兵，他們迎面上來時總會讓我看見他們充滿驚恐與皺紋的臉龐，僅存的身體上總刻著「殺朱拔毛」或「反攻大陸」的刺青，這些經驗嚴重刺激著我的感官，都讓童年時期的我覺得戰爭實在很可怕，不斷想著他們到底經歷過什麼慘無人道的事情呢？

陳復出生時兩個祖父特別在臺北相聚祝賀。

但，眷村經驗雖然充滿著難堪與苦澀，卻竟然成為我這一生取不盡的寶貴資產。還記得在三歲左右，母親牽著我的手，在眷村低矮狹窄的巷弄裡穿梭，我始終記得水溝蓋壓不住裡面隱隱而上的腐臭味，讓人作嘔反胃，如此令人侷促不安的空間，竟然會是我日後與王陽明先生相認的符碼。我三十一歲時帶我太太筱筠來到餘姚，想要去陽明先生的故居探望，竟然穿梭在跟我童年時期一模一樣低矮狹窄的巷弄，那種水溝蓋壓不住的腐臭味，讓我彷彿回到童年一樣，讓我在意識中嚴重混淆了故鄉與他鄉，穿梭的不只是兩個空間，還是兩隔的陰陽，兩個迥異的時空，透過這如此難堪的臭與破，我最終來到陽明先生誕生的瑞雲樓，而且不知原因，我竟然對樓中的陳設如數家珍，我太太親眼見到我跟她訴說等下會看見的室內陳設，轉身一看果真如此！這讓她深感驚訝。

我的父親在成大畢業後，成為化學兵科的預備軍官，到臺中測量製圖廠服兵役一年。這是製作軍事地圖的單位，地點就在臺中市精武路，距離我公公在臺中的家不遠，但他們兩人並沒有在某條街上不期而遇相互驚為天人，因臺中測量製圖廠的同事舉辦聯誼，我父親與母親在攀登火炎山大峽谷的過程中相識，他們的價值觀都很相像，孝順與戀家，忠誠守護彼此，我公公更是視若如子，喜歡我父親喜歡得不得了，因此父母兩人一拍即合，認識不到一年就結婚，而且我後來發現有關於我父母親婚姻的兩件事情：其一，我的雙親在民國六十年十月十日結婚，如同我的爺爺與奶奶同樣選在國慶日這一天，這使得我們家族中始終有著愛國的強烈風格；其二，他們婚後的隔年三月三十日我就出生了，顯見這兩位大學畢業生未婚就已經懷上我，這或許是我從小就帶有反叛性格的某種原因。

我的母親陳履端生於民國三十七年一月一日（陰曆），當天正值大年初一，因此我公公替她取名「履端」。由於前一年，我公公的長女陳琳出生七日就不幸在汕頭夭折了，這或許有著家族排列動能的因素，使得我母親特別意識到自己替換並擔負著長女的重責，強烈的孝順與顧家。她是我公公婆婆所生七個子女中唯一有跟著父母從大陸流亡來臺的經驗，或許正因如此，

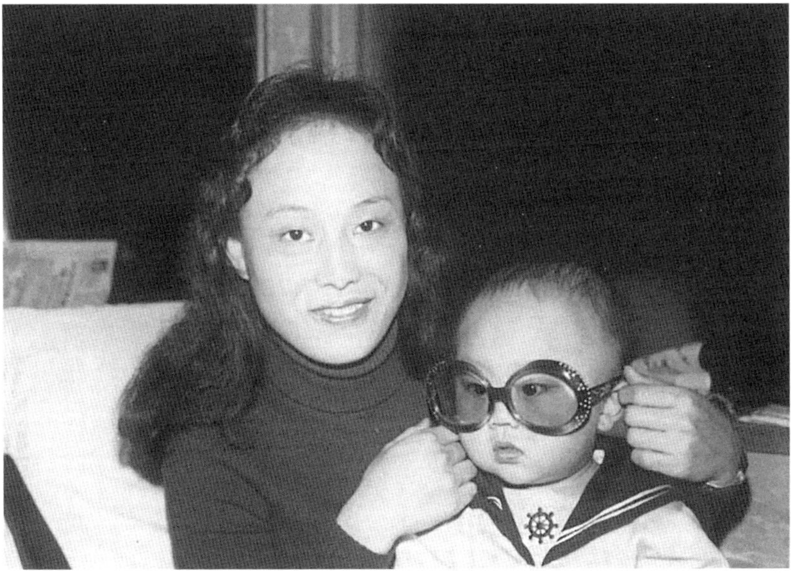

母親陳履端年輕時很喜歡跟陳復玩。

她有意識或無意識繼承著我公公全部的價值觀，對傳統儒家思想有著高度認同，但我特別留意到某件事情，我將其視作「戰爭創傷後遺症」，那就是顛沛流離的流亡經驗，讓我母親特別容易緊張，做什麼事情都很急著要完成，完成前一件事情接著就急著想完成後一件事情，永遠馬不停蹄掛慮著事情，這種緊張感讓我的童年過得有點莫名所以。

但，除了這種緊張感讓我特別排斥外，或許是母子連心，我雖在表面反抗著我的母親，但最終總會完成她對我的願望。年輕時的她長得美麗又聰慧，使得她雖然出身清寒，卻因認真讀書成績不錯，總帶著幾分年輕知識女性常有的傲氣。她先是考上淡江大學國際貿易系，這本來是極熱門的科系，後來因離家太遠，她心中始終牽掛著家人，因此第二年寧可再重考，就讀於靜宜文理學院英文系畢業。我在童年時期常看見她流露出讀書人眼高於頂的態度，每當看不慣某些事情，她就會說：「我們知識分子才懶得跟這些人計較。」或者說：「這種沒知沒識的人，實在很沒有水準。」她常用這種觀點，基於保護我來跟人辯論，譬如說我想訂閱某個科學雜誌，結果人家沒有按月寄過來，她就會打電話去跟客服人員論理。

我童年時期很不喜歡體制教育。我很喜歡讀書，卻總是在讀著課外書，從我的公公到我的母親，我只要一伸手，他們就會拿出錢來給我買書讀，尤其我公公在臺中的家中有好幾排書櫃，裡面擺滿著各種中西古典名著，這讓我從小就有著讀不完的書。我很不喜歡讀課本，尤其老師很喜歡打人，而我總會從課本中看出問題或漏洞，產生某種例外的想法，但這種想法總會不符合標準答案，因此考試時總不能盡如人意，使得我無法達成母親對我的期望，這讓我們母子間發生過無數回衝突。由於我骨子裡總帶著反叛的氣息，念大學前的老師通常都不太喜歡我這種好發問卻不合群的人，因此我在大學前的求學經驗可謂相當負面。這深度影響到我後來參與實驗教育，並堅決讓孩子踏上這條路，因為我不能接受體制教育帶來的思想箝制。

後來，當我同樣念大學了，逐漸發現大學老師講話常都流露著知識的傲慢，習慣於不把人看在眼裡，我就開始反思這樣講話背後的心態實在不太恰當。我們的確只能藉由讀書來翻身，

母親陳履端抱著陳復在克難街家門前合影留念。

但翻了身，可不能反過來瞧不起沒有翻身的人，我跟我母親幾度辯論這個問題，後來她就調整好心態，現在是個極度溫和的老太太。她大學畢業後就一直擔任中學英文老師直到退休，童年時期我常幫母親改考卷，這大概影響了我喜歡當老師的一面。記得我念大學時，我母親對於我念中文系是否有出路感到憂心忡忡，我曾豪氣干雲跟她說：「你要知道你在養國士。」我母親則回答：「你要能當博士，我就覺得祖先保佑了，還當什麼國士呢？」前幾年有回聚餐，我問她是否記得我們母子二人當年的對話，她說她記不得了，她只說：「你現在所做的事情，已經遠超過我當年能有的想像了。」

我有我父親的理性，但骨子裡，我有著來自我母親濃郁的感性，這讓我從童年到此刻，只要看見有關民國三十八年發生的事情，總會熱淚盈眶不能自已。我還記得民國七十八年，我父親帶我看著《滾滾紅塵》這部電影，想著我家人到我自己的身世，在電影院中哭得無法自拔。二十年後，民國九十八年，經由我父親的安排，我們一家人，還有我的二阿姨陳民英與小阿姨陳筱惠，一起帶著我婆婆，終於回到連江的陳家大院，來幫我公公還願。當時我公公的大姊陳端容已經高齡九十八歲了，與大家相見的剎那，全家人都失聲大哭，不能自抑，在當下，數十年來我公公曾經訴說的往事，突然從故事中跳出來變成真實，但這種真實讓人感覺太不真實了，更讓人痛徹心扉。國家的撕裂，讓家人此生不得再相見，這些人都只是萬家燈火中的平凡人，到底做錯什麼事情，要承受著悲劇的一生？

大姨婆畢生居住的房間，就是我公公誕生的地點，更是姊弟兩人長年相伴左右的空間，當我來到這個房間中，腦海裡不禁浮現出無數個畫面：包括姊姊陪伴弟弟成長，弟弟從軍跟姊姊話別，抗戰勝利姊弟再聚首，姊弟最終含淚訣別……，這些往事我都沒有看見，卻歷歷在目，

陳復來到祖父陳秉貞童年時期的故居。

直到此刻寫來都深感心碎。大姨婆只會講連江話，跟我語言不通，但是當我握著她的手，那種親人間血濃於水的連結，那種充滿愛的感覺讓我永生難忘。離開前，我婆婆請我的大姨婆陳端容繼續幫忙守住這座祖屋，兩年後，我的大姨婆陳端容百齡過世，由其長子林光繼續做大院的守屋人，這是他對母親臨終前的承諾。林家的孩子都在這裡快樂長大，陳林兩家因為這座大院共同的回憶，數十年來維繫著深厚的情感，堪稱連江佳話。

這篇散文其筆法寫得有如曼陀羅纏繞，不見得條理，卻是順著我的意識流發展而鋪陳，還有好多故事沒有說出口，但我已經把一些塵封於自己心中數十年的重要事情，儘可能畫龍點睛說出來，應該已經對自己的人生做個比較坦然的告白，或許這篇散文可作為我更大規模書寫的稿本。在當前臺灣社會常帶有敵意的氛圍中，如同我常見好些相同背景的年輕人處境，我曾經羞於啟齒自己是個「臺灣外省人」，但，作為中華民國合法公民，我如果始終不願意承認自己的真實背景，難道我要當個「族群不明者」？而且，看著家中長輩都逐漸凋零殆盡，如果我再不正視自己的出身背景，上無法告慰於祖先，下愧對於子孫，我難道要當個精神層面無家可歸、漂泊無依的一縷幽魂？

因此，經由這種反思，民國一百年，我終於下決心，到戶政機關將我的名字徹底改成我從十八歲就已在使用的「陳復」二字，這名字除來自《易經》的復卦，跟我的生日在春天亦有關，意謂著生機從地底上升，春雷乍響與陽氣歸來，同時更有紀念陳第「夢雷震而出生」的涵義。由於我的父親與母親都姓陳，後來我就在臺北家中合立「陳姓祖先牌位」，不再區隔內外，過年時節合祭兩家祖先。如果有人問我祖籍哪裡，我會告知不論是我的爺爺或公公，他們的故里全都是我的祖籍，甚至我的奶奶或婆婆，他們的家族故事都是我會認真告訴孩子的生命傳承。這百年來的中國歷史太過於慘烈，我很慶幸自己還能再興家族，安然訴說先人不該灰飛煙滅的往事，活出自己由衷想活出的樣子，並能終身從事中華思想復興的研究與傳播工作，或許，這些都是我對「精靈剝後還歸復」的社會實踐。

這篇回首家族往事的文章還有好些事情可說而未說，但我暫且停筆於此，容待來年再行擴充。文末結束前，我回首前塵往事，按照詩經體寫〈吾祖〉一詩，紀念祖先懿德，並瞻望未來。

吾祖⊙陳復

念我華夏，鬮此山川，若無先人，無以立足。
思文陳姓，閩省大族，南平連江，俱是吾祖。
開基陳雍，繁衍生息，進士陳麟，耿介不群。
鳳城陳第，藏書萬卷，蕩寇平倭，東番經略。
阿爺受富，阿公秉貞，青春歲月，抗日救亡。
阿奶黎莉，阿婆月華，大清風華，民國煙雲。

渡海來臺，刻苦經營，雙親向學，而有餘慶。
吾父祖洪，吾母履端，同姓而婚，懷德有我。
憶我兒時，生計維艱，追根究底，而有文成。
無能經國，有緣育人，設教興學，廣被眾生。
孕有兩兒，克紹箕裘，弟子十人，學生無數。
撫今追昔，何其不易，精靈剝後，夢雷有復。
南港山腰，大度寶塔，清明雨打，風撫滄桑。
天下歸一，家祭不忘，念茲在茲，無愧宗祖。

本文作者

陳復，國立清華大學歷史學博士。現任國立東華大學洄瀾學院院長、縱谷跨域書院學士學位學程主任與國際漢學研究中心主任，並擔任中華本土社會科學會副理事長。不論如何忙，都不忘靜坐、彈琴、練字、讀書與寫作，關注心學與人生的整合實踐，熱衷發展實驗教育與傳播中華文化。

四代人的回憶，從兩人的相遇開始

嚴愛群

某年初二的午後，Ｊ先生帶著爸媽回基隆走春，預計先到小舅家坐坐，再順道拜訪恰巧住在不遠處的嚴老師，於是就跟爸媽預告了一下行程。當Ｊ爸驅車往再熟悉不過的基隆開去時，Ｊ先生跟爸媽提及欲前往拜訪的老師姓名及住處，Ｊ爸眼睛一亮地說：「這名字我聽過。」Ｊ媽悠悠地也接著說：「應該是老嚴家的女兒吧，她家三姊妹是愛字輩，不會錯。」Ｊ先生不以為意地說：「怎麼可能，年前一場演講才認識的老師，開會吃了兩次飯，閒聊下才知道老師住基隆，隨口說了小舅家住豐稔街，過年可以去拜個年，你們會認識，天下哪有這麼巧的事，別開玩笑了。」

「不信你打電話問問老師媽媽的名字。」Ｊ媽斬釘截鐵地說。

「打電話太唐突了，我簡訊問一下就好。」Ｊ先生還是覺得不可能。

「還打什麼訊息，直接問啊。」Ｊ爸開車的雙手也激動起來，急得要命。

「老師，我爸媽說可能認識令尊、令堂，都是正濱國中的老師。」J先生還是簡訊詢問。

「喔，是嗎？我爸媽是正濱國中的老師沒錯，我媽是方麗文，我爸是嚴瑞淼，請問伯父、伯母大名呢？」

「我媽是陳珮茹，我爸是張世榮。」

「陳珮茹，好像聽過耶，你們快來吧，我先去跟我媽說一聲。」

「你看是不是，我就說認識吧，就是他們家，我們直接過去，等下不用去小舅家了，幾十年沒見，趕快去吧。」

本來出來買個零食要回家跟妹妹還有妹夫方城開戰的老師，看了訊息後，趕忙打電話給媽媽：「媽，你朋友陳珮茹全家從臺北來找你，喔不，是她兒子帶他們來找我，唉唷，一時說不清，等下再解釋，你趕快穿件衣服，等下他們就到了。」十分鐘後，僅跟老師見過三次面的J先生，領著爸媽在祥豐街聯勤司令部的彈藥庫前出現了。老師一陣尷尬，畢竟跟三位都不熟，要是沒事先約好，即使老師走在路上碰到J先生也認不出來的。但因J爸J媽見了老師直說：「好久不見，你看看，跟方麗文一模一樣！」於是上一輩的話題交談熱絡，一路走到家門口。

老師媽媽一見珮茹阿姨就眼淚直流，幾乎喘不過氣，心臟撲通撲通地亂跳著，站也站不穩腳步，只好請二位媽媽先一起到房間裡躺著敘舊。客廳裡的老師一陣手忙腳亂，三姊妹連忙安頓好了媽媽，再趕緊招呼J先生還有J爸，此時的共同話題，就是細數正濱國中老師姓名。這就是搭上線的開端，接著一聊才知，小時候常來家裡走動的郭叔叔跟崔阿姨，居然是J先生的乾爸乾媽，老師家三姊妹心中吃味地想，怎不是我們的乾爸、乾媽啊？我們不是還常常跟著媽媽到崔阿姨家喝茶聊天嗎？為何輪不到我們當乾女兒呢？J爸說，你媽不讓老嚴打牌啊，喝茶跟打牌的時間哪個比較長？你老爸那時候頂多就偷偷往我家跑，晚上再趕回家煮飯，人家郭叔叔跟崔阿姨總在我們家，不然就是我們在他們家，當然要認乾兒子，你們家都女生，我們家都男生，乾爸兒子東東當然要跟男生玩。確實，小時候東東來老師家裡還真的沒什麼好玩的，不是一個人在角落看書，就是在門邊看著老師三姊妹玩女孩子的遊戲，好吧J先生，你們兄弟倆是乾兒子，我們三姊妹認輸了。

外公外婆家的曇花開了有十幾朵。

話說回來，老師記憶中有幾回老爸週五打牌打得起興，隔天才回家，這時三個小孩整天都有豐盛佳餚，但只能心裡偷偷笑著，然後靜悄悄又滿足地在低氣壓中享受美食，接著就識相個幾天不吵不鬧，直到爸媽冷戰結束，一切恢復正常。從小，老師只知道爸爸是印尼華僑，早年祖爺爺在國共內戰及中日戰爭前就從廣西下了南洋，一群華人在邦加－勿里洞（Kepulauan Bangka Belitung）的山上建立了華人村，碰上排華也碰上了日後海外華僑祖國回歸潮，爸爸高中同學當時不少選擇到經濟比臺灣稍好的大陸念書，但爸爸卻選擇到臺灣念僑中先修班，他常驕傲地說，選擇到大陸念書的同學們都後悔死了，只有我聰明來了臺灣才有現在。當時的印尼華僑是真的非常辛苦，一下船踏上臺灣土地，老師爸爸就破釜沉舟把護照丟了，沒有回頭的機會，再苦也得在這土地上撐著。隻身在臺的爸爸每天先填飽肚子是比什麼都重要的事，於是練就了他一手做大菜的功夫，不過，爸爸那群僑生朋友們還真的都很會做菜，同樣是僑生的J先生乾爸也不遑多讓。

館子裡的大菜在家裡幾乎都上過，所以媽媽一輩子沒做過幾頓飯，說實在老師從來也沒想過爸爸這些個名菜到底是在哪學的？臺大畢業後就在正濱國中教書，只知道爸爸是靠荷包蛋追到媽媽的。媽媽每天上班打開桌子抽屜就有一顆熱騰騰的荷包蛋，吃完後盤子原封不動再放回抽屜，這樣持續了半年。不過因為爸爸長得太凶猛，在正濱國中擔任訓育組長時，學生已經戲稱二人為「美女與野獸」組合，媽媽也琢磨了很久才敢把爸爸帶回家讓外公外婆見見面，爸爸的出現還真的把外婆嚇得半死，小舅還說，這根本就是個會打人的長相嘛。但爸爸保證，一輩子要讓媽媽吃好喝好睡好，什麼都不用做，才成功抱得美人歸，也許家裡桌上滿滿的大菜就是

▲全家福。後左起：家排行大阿姨（大排行大阿姨）、外婆、外太婆、外公；前左起：家排行二阿姨（大排行五阿姨）、婆婆、小舅（隆生）、二舅（臺生）、烏坵海戰犧牲的家排行大舅（大排行大舅）。

▼後左起：外太婆、外婆、外公；前左起：家排行二阿姨（大排行五阿姨）、小舅（隆生）、二舅（臺生）、可愛眷村小鄰居。

爸爸許諾後才學的。剛結婚的時候跟媽媽還有J爸J媽都在眷村裡住了一陣子，所以，基隆眷村及後眷村生活應算是爸爸在臺的主要人生吧，有趣的是爸爸操的不是眷村老鄉口音，而是自己廣西客家、印尼華語跟臺灣學的閩南語混合出來的特有說話方式。

一夥兒人在老師家客廳裡聊著聊著就上方桌大戰了，從翹班打牌一路說到做菜，再從做菜聊到快沒話題時，佩茹阿姨便攙著回神過來的媽媽到了客廳，於是大家就下桌開啟了客廳回憶熱絡第二區，二位媽媽說：「我們從小同一個眷村長大，讀同個幼兒園，各自出外念書後，又在同一個學校教書，各自都嫁了同校的老師，但也記不清何時斷了訊呀！」原本以為J爸J媽只是舊同事的老師跟J先生，這下又懵了。家裡的晚輩們各個瞠目結舌，昔日同事也就算了，還同個眷村長大，外公、外婆輩就認識，阿姨、舅舅們也從小玩在一起的兩家人，竟在初二因為張家長孫要跟嚴家長孫女拜年，結果張家父母跟嚴家媽媽又見面了，而嚴家小女兒的婆家就在J爸J媽家十分鐘路程的頂溪站。這麼幾十多年沒見，居然是兒子守信拜訪了覺得一定得拜訪的老師，領著二老上門卻意外成了尋親團，誰信啊！這齣連編劇也不想編的劇情，就在祥豐街聯勤司令部的彈藥庫前上演，若不是老天爺的安排，就是二家祖先冥冥中的旨意，緣分不是那麼簡單就可修來的。

當年，J爸J媽正濱國中服務沒多久就舉家遷回屏東，離開了眷村，也就是老師小時候一直聽到長輩們口中所提的「建心新村」，再搬回臺北也是十幾年後的事。J先生外公著實是一九四九年逃難來臺，當時J外公人在東北瀋陽從軍，並拜官上校，老家在北京，J媽在瀋陽出生後不久，東北吃緊眼看局勢不行，當時蘇聯從東北撤軍後，共產黨立即占領重要據點，以免國民黨勢力擴大並阻止國軍北上，所以J外公所在的軍方單位因此撤銷，軍中弟兄們也就開始準備逃難回家或是直接投共保命。J外公機靈，想也不想把身上所有的退役遣散費，都先全都買了船票，這跟一般軍隊順著國民政府安排，搭乘軍艦來臺的方式完全不一樣，反而類似電影《滾滾紅塵》的劇情，要靠著各種關係才能買到船票。J外公趕緊帶著J外婆跟四個孩子回北京拜別太公，不過當時四叔公說無論逃到哪兒，都要跟大哥一起不想分開，於是太公忍著與至親鬆手的離別之痛，讓四叔公跟著大哥一起走了。J外公帶著大夥兒先逃到福建，再連夜趕到南京去接了J外婆的媽媽到福建與大夥兒會合，一起乘船到基隆。這慌亂的時刻，能這麼有條有理打點逃難行程的人還真不多見，一行人四大四小一個人也沒少，從瀋陽到臺灣的這段逃難路，感恩絕對是大過於任何情緒的，當時的J媽才一歲呢。

海南島正式大撤退是一九五〇年才開始的，幾年來累積逾一兩百萬能出得了大陸，又避開了船難渡海到臺灣的軍民故事，就是大時代下的一場生命存亡交響曲。能來到臺灣的這群軍民就真的是逃亡潮中的幸運者嗎？陳家大小來臺，一到基隆還好連絡上了基隆要塞司令部司令

（J媽尊呼他劉爺爺），給了J外公一個日本人留下的眷舍（就是後來的校官眷舍）當安家落腳處，不但安插了預財組組長中校的缺，延續軍旅生活，又配了位傳令兵給他。但J外公覺得，有幸在臺灣重生，已經謝天謝地，生活不需傳令照料，一家人自己能打理就好，就把傳令給辭退了。基隆要塞司令部對老師而言是個常在耳邊出現、卻又十分遙遠的名詞而已，總以為司令部在很遠很遠的地方，有著又高又大的城牆，壓根兒沒想到原來要塞跟司令部是同一個地方，從來沒想問問長輩口中的要塞在哪兒？家裡附近幾乎都是阿兵哥常駐的軍營，不論是小學，國中，還是高中上學路上，必經過不同駐點的軍營，有時還會碰見正在晨訓的阿兵哥哥們整班晨跑或操練。當然，高中到大學時期，不時被搭訕的機率也很高，反正頭也不回往前走就對了，這就是老師對軍營的印象。

殊不知家裡巷子口正對面的營地，居然是個日據時代就構建且赫赫有名的彈藥庫，國民政府遷臺後原是海軍駐臺澎公署的第六號倉庫，後來才改為基隆彈藥庫。老師居然是二〇〇九年從報紙新聞才得知，聯勤司令部位於基隆祥豐街的彈藥庫被社區民眾視為影響公共安全，軍方已將距離民宅最近的五個彈藥庫房的貯存彈藥內移，現在彈藥貯放地點距離民宅至少十公尺以上。這事件也太驚悚了，念完博士回臺那年才知道自己居然與彈藥共存了小半輩子。而長輩口中的要塞就在家旁邊大操場的對面，是日據時期北臺灣最高之軍事指揮中心，當時的管轄範圍涵蓋了基隆、澳底、金山、淡水、新竹跟後龍等地區，二戰後，才被改為基隆要塞司令部。位於中正路安瀾橋頭的要塞司令官邸更是眷村生活的重頭戲，當時還面擁全臺第一座海水浴場「大沙灣海水浴場」，視野極佳的海景第一排可說是大時代下的高級住宅，難怪老師大舅常說，以前小時候眷村走出去，一群小孩撲通地就可以下海游泳，小舅還差點溺死，是被大舅趕忙跳水撈起一條小命的。

無論到哪兒都要跟大哥在一起的四叔公（左）、外公（右）。

一九五〇年代因兩岸不甚平靜，不時要跑防空洞，J媽的大哥超塵也在烏坵海戰時喪生。另外，基隆因清法戰爭及太平洋戰爭的關係，砲臺四處可見，也早早挖了不少防空洞，經軍方、相關學術及文化史料統計竟高達六百八十二個之多。陳家到了臺灣後，生活在大沙灣豐稔街的眷村裡，因為鄰近基隆港，所以空襲一來躲防空洞的次數也多，隨著八二三砲戰結束，臺灣人民才漸漸遠離實質戰爭對決，轉到國際政治的角力之爭。

J先生外公從瀋陽的上校身分，到基隆司令部預財組組長，從沒卸下軍人身分，日本人離開臺灣時留下的眷舍也成了校官眷舍，瓦屋地板，檜木梁柱，大大的院子裡種了五棵大榕樹，這也還只是眷村裡的一角而已。接著時局較穩家裡陸續添丁，六個孩子在眷村裡跟著其他家孩子們快樂地長大，J外公一個月可領二十元薪餉，每月又另配有米、鹽跟油，日子過得相當平順。司令部裡有藝工隊表演時，J媽一家可以坐第一排觀賞，對面祥豐街上的大操場還常拉個布幕，播放電影給村子裡的家戶欣賞。旁邊有個建於一九五七年的「和平之后天主堂」，天王副主教在此開教時非常克難，但以山東人的熱情豪爽，日夜為人奔波，教友愈來愈多，天主堂也成眷村裡民生物資來源之一，村裡人常去天主堂領麵粉、糖跟牛油什麼的，小孩們還有玩具跟衣服。除了在眷村裡各戶串門子，小孩玩在一塊兒外，天主堂是出了眷村外面最安全的地方。

那個年代很少人信天主或基督教，眷村的伯伯、媽媽、阿姨等大都是外省人，沒有祖先牌位沒拿香拜拜，所以還滿多人去天主堂的，二家人也不少受洗成了教徒。一九六四年，得助國內外會士、神父及友人大方資助，增購土地，將舊聖堂拆除，把和平之后堂改建成現在的四層樓房。當時，改建時占了一些司令部的地，大操場邊地的部分J外公還出了些力才成行，後來神父又蓋了老師家三姊妹都念的亨利幼稚園，現在連妹妹的小孩都在那兒上幼幼班了，這天主堂真是二家幾代的心靈殿堂。大操場的正式名稱不詳，但老師家三姊妹到現在還是大操場、大操場地叫著，阿兵哥哥們還真的在那操練過，後來大操場後面蓋了公寓，也就沒再見著操練，現在已成一開放的社區公園，老師媽媽不時在那晒晒太陽，練練腿力，遛遛孫子女們，地點不變，只是用途不一樣了，大操場也默默地承載著大沙灣地區眷村的形成與變遷。大沙灣地區因國軍陸續進駐，設立了「建誠」、「建心」、「建實」等眷村，老師媽媽與J媽住在建心眷村

▲ 眷村外的祥豐街上。左：小舅；右：婆婆。

▼ 眷村門外，圍牆內家裡院子有五棵大榕樹。左：二舅（臺生）；中：烏坵海戰犧牲的大舅；右：大阿姨。

裡面，而基隆市榮民服務處的現址，當年就是為照顧大沙灣地區之眷村新生代所設立的「陸軍幼稚園」，兩位媽媽都是這裡的學生。眷村戶之間眾多的生活連結自成一種微妙關係與情感，說是眷村外的省籍外在壓力也好，或是眷村內安定又持續的相互依存也罷，毫無血親關係的軍人與其眷屬就這樣形成一個又一個眷村家族，共同承擔著在臺灣這土地上必須要付出的努力與心血。

早年，基隆是雨都，又冷又濕，當時家家都是叫煤炭煮飯燒洗澡水，有天，老師媽媽跟鄰居也是同班同學的小菊一塊兒去叫煤炭，結果半路給狗咬傷了，外婆急忙帶著媽媽送小菊上醫院。小菊的姊姊蘭蘭跟J媽大姊是同班同學，雖然差了十歲，但J媽家裡僅有的二姊妹，居然一位是五姊一位是六姊，為何不是大姊跟二姊呢？這可把老師的頭想疼了，該不會眷村就是一家人的概念，小孩一字展開，按照年齡叫嗎？於是J媽便細說「大排行」來幫大家解惑：所謂大排行是由父親同姓家族同輩分年齡大小來算的，拿J先生的大姨媽那輩來說，陳家男生是超字輩、女生是英字輩，但因J外婆的名字中有英，所以J媽這門的女生名全都被爺爺改成「佩」字輩，直到J媽為止，孫兒女的名字都是爺爺給起的。女孩兒中大姨媽最長是老大，然後在秦皇島的英芬是老二，英辰是老三，四叔公留下妻子一個人跟外公到臺灣，後來生了女兒小胖是老四，接著是在臺灣的五阿姨跟J媽（老六），而老七、老八都在北京。男孩子當然也得另外算，大舅是老大、二叔公的兒子老二老三也還在大陸，沒到臺灣的三叔公也還有老四跟老五，J外公到臺灣後才有二舅超桓（小名臺生）跟小舅超屏（小名隆生），所以二舅之後就沒再接著排下去了。這故事聽得大家耳朵都打結了，但也說明了，這不只眷村裡都是一家人，只要同宗同姓就是個大家庭。

眷村裡也是，不管吳家、喬家、秦家還是王家，孩子一多就自動排了長幼順序，只要有個頭喊一聲，就肯定一窩蜂出來玩了，下雨時就在屋內跑跑跳跳，地板不時咯吱作響，那時村內家家戶戶都是木造的舊房子，雨多的基隆，下雨就一定得屋漏，修了又漏，漏了又修，屋裡難免不了滴滴答答，所以打棉被就是個最重要的工作了。除此之外，最怕的就是颱風天，要是屋瓦被強風吹掉，嚴媽媽一家就得跑到要塞司令部躲颱風。日式木造房牆面是J媽家小孩們最討厭的地方，眷舍裡的牆都是黃泥土和著稻草砌成，外面再塗上白灰，不常常掉沙才怪。即使孩子們已經擦了又擦，剛擦淨的牆邊時不時仍會掉些泥沙碎屑，J外公一看到泥沙還是會狠狠罵一頓。不過，眷村裡此起彼落各家打罵小孩的聲音，才是最有味道的回憶。老師的外婆總愛說大舅死腦筋，方家有四個小孩，老師媽媽是大姊膽子最小，二哥老實，老三鬼靈精怪，老四隔了很久才出生，老四甚至還來不及參與家裡流傳的「一顆方糖」經典故事。

某日，外婆發現廚房少了顆方糖，這肯定是小孩偷吃，於是把三個小孩叫到一塊兒問：「誰偷吃了這方糖啊？」這棍子拿在手上，誰敢承認？聰明的外婆自知問不出個所以然，於是換了個方式說：「要是說出誰拿了這顆方糖，我就給五毛錢！」外婆心裡喜孜孜地想，這下一定會釣出個說實話的孩子。

三個小孩心裡的小劇場也是精采萬分，老師媽媽嚇都嚇死了，哪兒敢說什麼，阿姨聰明不上當，死也不回話，誰知，這時大舅飛快地舉了手說：「媽，是我，方糖是我拿的，已經吃掉了，我要五毛錢。」這會兒外婆氣死了，明知絕對不是大舅拿的，一棍子痛扁大舅，你這個傻瓜，不是你拿的還要承認，這棍子打的不是你偷拿，打的是你笨。到現在，外婆還是不知道那方糖到底是哪個孩子給偷吃了。打小，這個故事一直在老師的腦海裡轉著，心想外婆也太猛了吧，先是說話不算話，再來還外加一頓毒打，現在想想這根本就是在教小孩社會生存法則。外婆出生於一九二四年，湖北麻城人，是村長的獨生女，算是出身富貴，當時還是個民間流行裹小腳的年代，太公不喜歡外婆裹小腳，所以外婆裹了幾個月就給鬆綁了，但變形的腳丫子，還是讓小時候的老師不忍直視，太公希望外婆好好在私塾裡學習，但腦袋瓜子非常靈活的外婆一下子什麼都會了，懶得跟先生在私塾裡讀著四書五經，唸著之乎者也，一股腦兒地只想往外跑玩去，逃學就成了家常便飯。聽說國共戰爭的時候，十幾歲、聰明伶俐的她，為了保護藏在牆壁縫裡的袁大頭，還跟解放軍對罵了一番，才保住日後跟著外公到臺灣的唯一身家財產。

老師的外公是個讀書人，比外婆大四歲，從小兩家就訂了親，十八歲投筆從戎進入武漢的黃埔軍校，也就是中央陸軍軍官學校，一九二四年於廣州成立到一九四九年遷往臺灣鳳山期間，陸官們經歷了北伐、抗日及國共內戰，這些人生經歷聽起來十分威武，應該一輩子也說不完。

臺北新公園（一九五四年，現二二八紀念公園）。左：外公；右：婆婆。

但不解的是，不知為何從小只聽外公說過一次曾跟共軍「短兵相接」，其他什麼都沒聽過，反而是外婆一身幹練，家裡大、小事都是外婆說了算，軍校出身的應該是外婆吧。外婆最溫柔的時候，就是憶起當年外公正式到家裡提親時，看那一身戎裝的外公，就只有個「帥」字，只差沒騎白馬成為白馬王子了。因為就在武漢從軍，外公、外婆算是幸福的一對軍眷了，不但不用離鄉背井兩地相思，更不需要舉家遷移到從軍地開始新生活。雖然國共戰爭不斷，二人日子都不算太辛苦，直到民國三十六年二二八事件發生前，外公部隊奉命外調臺灣，天真的外公跟外婆說：「既然要移訓去臺灣，我們就去臺灣玩幾年再回來吧！」於是外公就開心地帶著外婆搭著四川輪到了基隆，幻想著臺灣新生活。

老師總覺得這個說詞很弔詭，一般來說逃難來臺的故事才是正常，為何外公是抱著遊臺灣的心情呢？原來，外公是軍隊裡的少校參謀，不需在第一線打仗，而是整理作戰訊息，為長官提供最新的戰事建議。雖然外公沒說，但本想幾年後就回家的這個說詞，應該也是為了安撫外婆擔心害怕的一個手段吧，這參謀出的招可真是高呀。果真，一到了臺灣時局震盪回不了麻城，當時外公軍隊的落腳處在新竹，一年多後才到了基隆，住在大沙灣豐稔街的眷村裡。一九四九年，也就是臺海兩岸最敏感的年段，媽媽出生了，隨著國民政府反攻大陸的焦點轉移到建設臺灣，外公選擇從軍職身分卸轉為區公所的小公務員，從官餉領到退休俸，眷村改建後習慣基隆小小公寓籠子裡的生活，外婆的回鄉之途也就跟著漸漸渺茫。不知是否因為這樣，外公在家說話的時間就愈來愈少，外婆聲音愈來愈大，麻城老家裡舒適的床，只能在夢裡才能安穩又滿足地躺上一回，外公則隨時在搖椅上闔著眼，不知心裡在想些什麼，偶爾，嘴裡細細傳出《蘇三起解》、《拾玉鐲》，或是《四郎探母》的唱詞。

老師外公的喜好是琴棋書畫，標準老宅男一枚，雖曾擔任軍事參謀，但形象真的差太多了，難怪家裡從沒出現過外公提起任何抗日反共的英勇故事，反而像個人形家俱般，安靜地在某些固定的地方杵著。老師媽媽說，早期的日子實在太苦了，只記得外公殷切地要後輩們靠著讀書長點出息，外婆跟眷村裡的婆婆媽媽及孩子們，跑遍北臺灣尋找各種家庭代工的機會，一點一點攢些少少的生活費。外公過年前還會帶著老師媽媽一起到西門町賣著自己親手捻出的應景紙梅花，紙梅花的花瓣、花苞、花蕊及樹枝都是外公手捻宣紙慢慢搓出定型的，再用色墨渲染成粉色及棕色，再抹上幾筆黃綠點綴，兩人一大束、一大束抱得緊緊地，從基隆捧到臺北，賣得的錢就剛好買了年貨回家，天天期待雙手滿滿出門，也是雙手滿滿回家。媽媽說有一回年不好過，就把外婆從大陸帶來的袁大頭拿著想賣點錢，結果沒想到乏人問津，好不容易有位客人問了問，沒什麼興趣，就隨手把袁大頭丟在地上，圓滾滾的錢幣就順著水泥地板滾啊滾的，最後不知滾到哪兒就找不著了，那可是外婆身上最後一個袁大頭啊。兩人回家只能小心翼翼據實以報，但，外婆一點聲兒也沒做，靜靜地回到廚房到處翻翻找找，心裡忙呼著腹誹：「是否可做頓像樣的年夜飯啊？」其實，當袁大頭的丟失影像在冷冷的客廳中消失時，外婆與大陸生活連結也畫上了個休止符，只能靠著不斷努力，在臺灣好好地過日子。

當時也搭著四川輪來臺灣的黃埔叔叔伯伯們，一下船就跟著部隊分散各方，無人能知最後的落腳處何在，藉著部隊朋友們打聽，找到了彼此，但也散在新竹、桃園、臺北的眷村內，因老師外公的官階最大，大夥不分年齡大小都稱外公為大哥，也唯有叔叔伯伯來家裡的時候，外公才有大聲說話的機會。外公很幸運並非逃難來臺，還可帶著外婆一塊兒，是眾多老鄉們羨慕的對象，叔叔伯伯大多都隻身來臺，當時，不是因現役在營期間不准結婚的「限婚令」，直到退伍存了點積蓄，上了年紀後才可以「娶老婆」，就是為了守信於大陸的元配選擇繼續獨身，這一別，海峽兩岸開放探親時已是一九八七年，外公也六十七歲了。這批黃埔弟兄們絕對不是自願，更不會是滿懷憧憬地奔向臺灣，雖然躲過了烽火下死神的召喚，但其自少時深信必能反共復國，中年退伍後徘徊在省籍衝突的臨界線，老了踏上故土而至親與摯愛多已不在，散財童子的身分又讓自己身陷兩難，這輩子到底圖的是什麼呢？老鄉們的重逢才是他們在臺灣的生活重心與依靠，因此，老師的媽媽舅舅阿姨們從小就有不少乾伯伯，乾叔叔，當然老師三姊妹就有了好多的乾公公們，這也算是個可愛的大家庭了吧，逢年過節來家裡走走拜年，除了熱鬧之外，也還可以吃上一頓地道的家鄉味。

老師的外婆跟爸爸都是大廚子，也是凡事一手包的人，所以媽媽只要等著就有美食佳餚，家事也不怎麼做，一輩子就是跟外婆還有爸爸黏在一塊兒，除了大學要上臺北外，沒出過基隆，老實說是沒出過祥豐街跟安瀾橋。老師外婆一家人，早在眷村改建前就一家大小跟結了婚的媽媽，一起搬進了司令部對面小小的木造房子，老師就在那裡出生的，最後再靠著外公轉任公務員的薪水，跟爸媽在隔壁巷子買了上下樓二間小小的公寓，搬來搬去，還是在司令部附近打轉，所以才能跟J爸J媽在眷村附近再度重逢。外婆家就在樓下，爸爸家在印尼，從小就沒嚐過跟媽媽回娘家長途奔波，人擠人的滋味兒。因外公、外婆還有爸爸都是臺灣落腳後的第一代，小舅才大老師十歲，過年沒有表兄弟姊妹們一起嬉鬧，反而是外公的老鄉們熱絡來訪，濃濃的鄉音，小孩們只能在一旁當背景音樂聽著，完全不知談話內容，但不時聽到高亢的對談，又不時唏噓的嘆息，這應該是真正打仗過的乾公公們在憶當年驍勇善戰之情，或是突然感性起來聊聊家鄉事，不過這些長輩們的談話，終究還是會在外婆巧手端出的一桌酒菜上停歇。

過年前，老師特別期待外婆做甜酒釀跟肉糕，但對燻臘肉、臘腸就可是又愛又恨了，吃完臘八粥後，外婆家公寓後陽臺上就會吊滿用甘蔗皮燻好的臘肉跟臘腸，大冷天的還真不知道外婆去哪兒找到甘蔗皮，放在大竹簍裡面燻個半天，滿地又黑又油，一不小心還真的會摔了個大跟頭。臘肉臘腸真的好吃，不過就是討厭它們滴出的油，滿是油的報紙換了又換，直到外婆全收進只有她自己才找得到在哪兒的冰箱。每年外婆做甜酒釀都是盤賭局，她總說，等酒逼出來了，試試是好是壞就知道今年運勢。外婆釀酒的第一步就是蒸上一竹籠浸泡過夜的糯米，只要糯米飯一出鍋，外婆就會先盛個一小碗出來，撒上細白糖，熱氣立刻就把糖給融化了，這可遇不可求的甜點一年就一次，糯米飯要是和了酒引子就沒得吃啦。外婆也太有個性，一碗也不會預留給還在上學的孫女們，就一句話：「趕上了就有，沒趕上就明年請早。」這些蒸得晶瑩剔透的糯米飯在外婆的監控下，攤涼後再和進酒引子，反覆一層酒引子，一層糯米，嚴嚴實實進了大陶酒缸子裡，糯米鋪平半缸後用手指頭深挖幾個洞，再把先前調好的酒引子水從洞裡倒進去，封缸等個一個月期待飄出的絲絲酒香，若酒釀的發酵香度夠了，就可以開喝嘍。

肉糕也是老師家裡的經典年菜，不知為何，臘月二十三一定得出鍋，到目前為止在臺灣還沒看過誰家有做肉糕的，肉糕其實該說是魚肉糕才對，是湖北麻城跟赤壁的特色食物，外婆說：「無肉糕不成年」，而赤壁還有「無肉糕不成席」的說法呢，可見肉糕對湖北人的重要性。老師在英國讀書時，不知那根筋不對，曾起興做了點肉糕，為了想跟湖北同學們小老鄉們吃上一頓肉糕席解解饞，老師深入諾丁罕市場，跟魚販好好解釋如何把魚肉去皮去骨，再捧著魚肉到肉攤請老闆把五花肉去皮取下肥油跟魚肉一起絞碎，這平時不打好關係，英國人是不會這樣開例的，因為愛吃，還教會了肉攤老闆如何切火鍋片呢。魚肉跟肥油用的是外婆祖傳二比一的配方，和點生粉，調好味後就要死命打勻，比例跟手勁兒一定要到位，不然出鍋後魚肉分離，非晶瑩剔透或是少了滑潤的彈舌感就掃興了。從小就看外婆手打食材，長大也幫著外婆打了幾次，所以在英國，就使喚著想要吃的同學們努力打，同一方向手打均勻才是肉糕成功之法，跟蘿蔔糕一樣的方式上鍋蒸，但鍋底要先鋪上一張豆皮，蒸熟後切片趁熱吃最美味，隔餐後看要油炸還是乾煎都行，放在火鍋裡更有一番滋味，湯頭可美著呢。不過這道菜實在太費工，所以也是一年才有一次的大饗宴，不過現在有了攪拌機，復刻肉糕的美味就也不那麼困難了。

婆婆指導二舅（臺生）功課。

老師也滿有趣的，在英國念書時的時候喜歡跟大陸同學混在一起，這絕對不是什麼身分認同的問題，應該是舌頭想外婆，耳朵也想聽聽外公、外婆的鄉音，常常跟大陸同學們一塊兒做著大江南北的家鄉菜，要是有湖北的同學，肯定拉著他們快講點湖北話來聽聽，老師也不時冒出臺語來湊熱鬧，再用長豆代替豇豆燜個香噴噴的飯，來慰勞一下說英文過度後疲憊的嘴巴，這麼一來大夥就可以開心一整晚了。雖然同學的話語跟小時候一樣依然聽不懂，不過聽著同學嘴裡不斷冒出聲音，穿越劇的感覺就上來了，眼前的同學是年輕時的外公、外婆嗎？記憶中的老兵形象怎麼轉眼都成了小小兵啦。但要是把眼睛給摀上，小時候家裡老鄉們傳來聊天的情景也立刻浮現，偶爾碰到小時候熟悉的語詞，還可以像維基百科一樣，請同學慢慢把外公、外婆的原意給解密出來，於是請湖北同學們說話給老師聽，就成了隔三差五聚會吃飯的重頭戲。提到吃飯，老師突然驚覺，這一聊居然也聊到晚餐時間，連煮飯的時間都沒有，於是趕快請三老跟妹妹、妹夫再上方桌大戰幾回合，打發時間，趕忙跟J先生出門找食物去，要不家裡十幾口人在這未計劃下相遇的年初二晚上，全都得挨餓了。

老師跟J先生二人不想往壅塞的廟口人擠人去，就從正對著彈藥庫的巷子右轉，往建心新村大樓下的小吃店走，幸運地買到了些小菜跟米粉湯回家，再熱熱中午沒吃完的飯菜，一夥人就這樣像在眷村裡各家共食般，開心地吃了頓簡樸的晚餐。接著再出門從大操場的右邊經過要塞司令部，走到大操場左邊的亨利幼兒園旁，到J先生小舅家附近的豐稔街買甜點去，行經路線跟二位媽媽小時候常跑的一樣，老師與眷村是完全的零接觸，打出生就在木造房子跟公寓裡圍著外公、外婆轉，但J先生卻對他四歲前要爬上J外公家大木造房的臺階記憶猶新。其實對於眷村第三代來說，眷舍舊了就拆，改建後也就是長輩們一個新的居所，事業有成各奔西東，偶爾回家探探二老或親戚。這年的初二，兩家人再度相遇，雖然聊的淨是眷村前後的故事，但也開啟了第三代結合的契機。第一代的鄉愁，早已隨老人家而去，第二代與眷村的連結也因改建後而淡化，雖然眷村和臺灣社會間千絲萬縷的關係非三言兩語就能道盡，若不是年初二的這一承諾之約，日後兩家人不會結成親家，也不會從此過年就像在眷村裡一樣熱熱鬧鬧地一起過，承載家裡兩岸感情記憶的人、事、物更不會常常再被提起。

本文作者

嚴愛群，英國諾丁罕大學英語研究博士，現任國立東華大學英語培力學術中心及語言中心主任。熱愛閱讀與旅遊，驛馬星性，好與人為友，美食為伴。

慈悲暖洋

張蘭石

父親百歲高齡時依舊健康，尤其思考沒有退化，性格更見慈愛爽朗。當時前總統馬英九先生曾於重陽節來訪，兩人當眾揮毫。時父親已約三十年沒寫書法，仍能不需練習便一氣呵成，毫無遲滯，形韻雙美。蘭石年四十餘還喜歡握父親冬暖夏涼、大而厚實的手掌，一頭鑽進他懷中。這時父親就會呵呵笑著說：「老大不小了！」每當孩子對際遇有怨言，父親總說：「如果世界沒有這些不好，你怎會內求完善？」父親是孩子的心靈啟蒙導師。

兩歲後蘭石的生活充滿鮮活回憶，充滿了父親老來得子的寧靜厚愛。父親話不多，蘭石童年非常木訥，六歲才上幼兒園，父親騎老自行車以車桿載孩子上下學，有人問：這是兒子還是孫子？父親總回答：「兒子、孫子都一樣。」七歲，自己步行上小學。放學後常在學校附近待一段時間再回家。因為，一個很老的外省老人的闇啞憨兒子，與街坊鄰居滿口俚語、聰明調皮的孩子們格格不入。學校旁有個美麗的湖，許多布袋蓮與荷花，荷葉很大，孩子們彷彿可以在水面行走。從美麗的湖回到溫馨的家，是童年最熟悉的路。考上大學後某天，萌生念頭再尋那湖，卻驚奇地發現那附近並沒有湖。一開始以為是市容變化了——高雄市那十多年發展迅速。在詢問了附近堅持此地從沒湖泊的居民後，才不得不從謎團中驚醒。

一年前，朱嘉雯教授建議蘭石寫下先父的故事，因為那大時代的生聚教訓不該被遺忘，蘭石也深感如此。然而答應後才發現，比起寫博士論文或學術論文，這篇文章難上千倍。別說落筆，每一想起那遙遠的點點滴滴便令人心碎，不由得轉念於其他「正事」逃避。稿約一拖再拖，終於不得不向嘉雯教授鄭重致歉。她卻鼓勵：「我記得我們每一個人當初在寫作的時候，都是在淚眼婆娑之中完成自己的家族書寫。大概也必須走過這一段，才能夠刻骨銘心地體會與揣摩我們父母親那一輩一路走來的艱辛；同時我們也能夠在書寫之後真正地放下，繼續往我們的人生道路邁進。」

大陸赤化，父親家破人亡的記憶想必錐心刺骨。或因錐心刺骨、大死大生，所以對兒女幾乎不提；也或許正因父親不談，那沉沉的心直接傳遞給了孩子。父親來臺之後，隨著在臺軍民回鄉回家的夢想逐漸破碎，望斷海峽，三番絕望自殺未果，有所覺悟，性格變得沉默、柔和而豁達，五十多歲才再婚，生姊姊、蘭石與弟弟。父親終生既罕談前塵，以下之事多是蘭石從家中文件、遺物，以及在父親過世後蘭石大陸探親時從姪兒（蘭石在大陸異母兄長的兒子）與許多親族口中聽來。

父親於民國創立前後生在鄉長張在昆的家中。依戶籍證件，張旭初一九一〇年生於福建省龍溪縣漳濱村。族譜的後兩句是：「國家建瑞在芝蘭，兒孫學業為忠孝」。所以蘭石的曾祖父名張瑞耘，祖父名張在昆，父親本名張芝麟。

父親曾說，祖父德高望重於地方，家教甚嚴。父親初生時，命理師說其命格恐剋父母，與父母不宜父母相稱，故自幼稱其父為叔。然父親至為對在兄弟中最受真心實踐祖父的道德期許。本家（「家」為人口單位，如「里」）屬張姓祠堂的小宗，宗分大宗小宗，共祀保生大帝。命運弄人？祖母生有二子，生父親後不久就因某種怪病過世（肢體麻痺、膚如屑落）；父親約十七歲中學二年級時，祖父主持民團，在村里遭土匪攻占時，成為犧牲者過世。據父親說，當時的土匪，在其後加入了共產黨。

大伯勇壯過人，祖父為子弟聘請了武師教導北派形意拳（猴拳），父親亦接受鍛鍊，更學習聖賢書。待父親稍長便須離家到城裡入國校，寓於懸壺濟世的親戚家中，因而學會了醫術、藥學，從此業餘義診數十年。當時世道紛亂，家鄉民眾苦亟需智慧引導，但因識字者少，更需有人識字服務。父親於其兄弟中獨有心於讀書學習，過目不忘，精於書法，故自幼展露了鄉人所期待的智識與仁愛，每當回村，尤其在春節期間，便教導村人文字，書寫門聯。父親自幼能雙跏禪座，參習佛理有所領悟，故自幼即曾自渡母親，為後母等親族逐字講解佛經，主持法事。以孝道佛子心，撫慰、鼓勵識字不多的親族。

依據父親遺留的公務員履歷資料等文件，父親就學於暨南中學、春申大學。曾擔任國校（鄉中唯一一所學校）校長。三〇年代共產主義以工農名義崛起，其福建成員實非敦厚的工農百姓，多是早就流竄橫行的土匪。父親是陳立夫先生的調查局系統，作為地方上軍政領導，兼為龍溪縣縣政府祕書、福建省第五全員公屬諮議。歷任家長、保長（村長）、連保主任（鄉長）兼老師（八年後任校長），曾擔任兩個縣的代理縣長。任連保主任時，從市（漳州市）裡中調一小隊（三班）駐軍駐在村裡。父親髮妻還很年輕就去世，有一男學生想介紹他姊姊給父親，父親

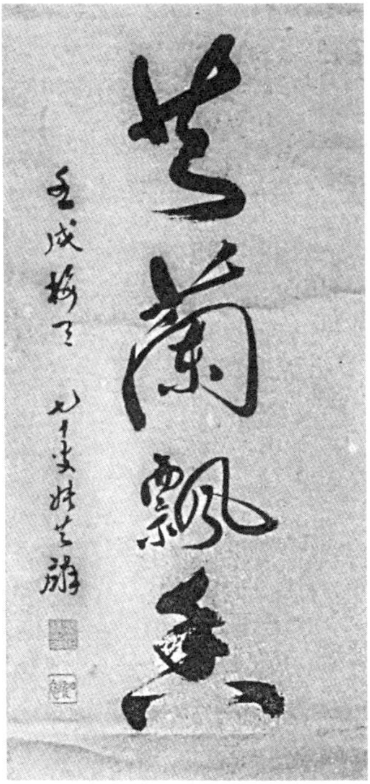

父親的書法，芝蘭兩字代表父親（芝麟）與蘭石兩輩。

觀看這學生本身端正，便接受相親，而後結婚於漳州市，所娶的就是為父親生下三女一男，勇敢讓父親流亡臺灣，在身為「逃臺家屬」（黑五類）飽受欺凌壓迫仍堅貞刻苦帶大兒女的，蘭石與蘭石母親都終生感念、感恩、心疼的大媽，楊金鳳。

在父親的青少年便為民犧牲的祖父，其形象化為父親對道學的憧憬、對襟族的承當，以及對家國蒼生的悲懷。是老天的安排吧，成為從道學、承當與悲懷中經歷國破家散而心死幻滅、出離、悟道，這才有蘭石所體會到的無欲而剛、自主無夢、慈祥洋溢的父親。曾有一通靈的黃教喇嘛稱父親的兒女為修行所得。父親曾與另一位老人朋友一起帶蘭石去五智山，讓蘭石向悟光阿闍梨學習，阿闍梨欣聞蘭石的超心理學背景，談了許多，他說人類宏觀世界也能實現量子力學微觀世界的神奇，說父親的修行比他更好，要蘭石好好學習父親。

父親愛母（生母與後母）心切，是他一再悟道之機緣。他將對生母之思念，轉成對後母的真情與孝心。——不僅於物質供養，更有生死大事之安排。因思念生母，父親早年就研究「牽亡魂」，閱歷許多宗教導師、鸞生乩童。曾召集地方許多靈乩於一處，對空鳴槍，請有假的靈乩承認，全承認了。因此，不受自心欲染迷信所惑。來臺後，在顛沛流離中歸信基督教，鍛鍊仙道，以佛道儒家思想教子。父親在一九五〇年離大陸前，曾安慰臥病在床而無法出門欣賞戲曲的後母：「未來的戲臺，將可在床前放映。」後祖母非常疼愛父親，父親流亡前辭行時她雖

二〇一〇年重陽節馬總統來訪時父親書寫國恩家慶四字，時已近三十年沒寫書法，仍不需熱身，提筆便寫了。

已臥病在床，但卻堅持父親一定會回家。父親流亡臺灣三十年後，兩岸開放探親，父親終於得以回鄉探望她，並帶回電視機——床前的戲臺（當時是村裡的第一臺電視），村里親族都視為預言成真。後祖母終於得見孩兒最後一面，後來便安詳離世了。

一九四九，中國赤化，許多官員、富人爭相逃臺。父親不願離棄家鄉，故而留下。然而父親既曾為當地剿匪的領袖，不免成為歸屬共黨土匪的嫉仇目標。

一九五〇，被下屬騙上山，欲從背後開槍。父親一聽到卡彈聲，當機立斷跳崖逃生，疾奔回家辭行後母與妻兒，攜帶一柄雨傘，便開始從漳州晝伏夜出、飲溪水吃樹皮而潛行抵達深圳，待除夕夜越過邊境抵達香港。

爾時滯港之逃臺權貴甚多，為恐共黨滲透，即使地方自治的首長級人物亦需一年半載方可獲准來臺。父親以其於中央之令名（為陳立夫先生學生）故三個月即抵臺。來臺後，中央即欲派任期為福建省連江縣縣祕書，父親辭不接受，被疑為已叛國，受日夜監探三個月（且似乎因此不再承認父親身分）。後來遇到在大陸時之部屬友人，當時已在臺擔任地方官員，他請父親暫時委屈於其公務單位擔任較低職務，待身分、學歷等通過再行轉正，但不久之後，父親因為身分、學歷等問題無法解決，不願再留任當黑官，故而辭友，自願離職。

而後父親從事製作冰糖冬瓜之類食品，據說賺了不少錢，雖仍只是青壯年，卻不願再婚——不願重組家庭於臺灣。以其勤奮與智慧從事糖業所得，悉皆救助貧難而無餘。

作為單身的老大哥，常常接濟在臺成家的青年老弟們，所以總是兩袖清風難有積蓄。在蘭石青少年時期常有叔叔對蘭石說：當年是你爸爸幫我的，叔叔現在有錢了。後來父親不再從商，擔任高雄市第二女中人事處幹事，也在住家（公家宿舍）設製造懷爐的工廠。父親非常思念故鄉，因此也在同鄉會相當奉獻，一直擔任各種理監事。父親在臺的名字是「旭初」，在五十歲後，聘僱了小他二十幾歲、名叫「暝」（意思是夜晚，身分登記時音譯為「棉」，又筆誤為「錦」）的高雄籍母親來煮飯，母親當時已對父親很有好感（母親一生都覺得父親是天才且英俊，父親過世後還常稱道父親，八十七歲閒坐沙發上讓媳婦餵幾口營養品時安詳離世），且有媒人做媒，兩人就結婚了。也因此緣起，在生活上，在友人間，父親時而戲說母親是來煮飯的。

在大陸的大媽，長相略與蘭石母親神似。在父親流亡之後，受盡社會加諸黑五類的環境暴力與精神折磨，仍艱苦堅貞帶大了蘭石的大陸大姊蘭芬、三姊蘭馨（二姊蘭芳很早就過世）與哥哥蘭舟。她與生死不明的父親，離別數十年，才重得音訊。父親那次回鄉探親後，對蘭石沉重地說，每當大媽接受牙科治療，麻藥一注射，就會悲苦滔天般嚎啕大哭，那是心底數十年沉積出的精神病。兩岸開放探親後，父親只回鄉探望過一次，那時父親既本無積蓄、又屆齡退休（當時不知為何無月退俸，多年後政府才對這批無月退俸的退休公務員些許補發），僅憑退休金與在臺同鄉合資蓋房子來扶養妻兒，所以那一次父親回鄉已傾盡儲蓄而尚憾不足。蘭石當時讀臺大，一切花費全憑擔任家教，知道父親將回大陸探親，也向學生家長借了錢贊助父親。父親勉強接受了，因為他知道在臺妻兒都對大陸家人有真摯情感。家裡那張父親抵達家鄉下車後被拍下的照片，平生沉穩開朗、莊重內斂的父親，在見到親人的一瞬間，那禁不住糾結悲泣的表情，讓人每看一次就為那時代悲劇沉痛一次。那次回鄉後，為了幫助大陸兒孫脫貧父親繼續努力存錢，自己卻無法再回第二趟鄉。

家父在國破家散後，對兒女家國又思念又虧欠，自殺三次重生後豁達了，努力盡自己微薄之力寄錢到家鄉寄了幾十年，冀望至少讓親人有最基本的脫貧啟動資金，例如買個貨車以載貨為業。然而，似乎總是各種事與願違。後來，終於在百歲那年豁然放下，不再想寄，恩與債都圓歸空際。家母說：是欠人家的，你當年流亡臺灣，沒能養大人家，就得照顧人家！家父回答：活一萬歲，也得還一萬年嗎？

父親青年期加入國民黨，稱陳立夫先生為老師，誰料山河變色而流亡如飄蓬失根，牽連家人淪為黑五類，遺憾再剛強的心也承受不了連累妻兒的自責。於是給兒子命名以蘭石，願兒兼容並蓄、執兩用中、一生恬淡。父親一生行持示範在孩子們眼前：恬淡內斂而對人事無怨無悔無爭，一日無間的瑜伽修持，從體位運動按摩、導引術到持戒、守意、練心，克己復禮（超越自我的利害成見，凡事名正言順，重風骨，守佳範，管教自身而寬容別人）。父親獨特的克己復禮，可從下例見其一斑：母親從事拾荒，天天撿回破爛紙箱，待送往垃圾回收站。雖人們都是「把垃圾當垃圾」，凌亂地送回收站，但父親總是毫無例外地堅持將它們分類、割裁、折疊、整齊堆放。整齊的程度會讓人難以相信那曾是垃圾。這種對待垃圾的態度、方法，與世俗眼中毫無意義的堅持與實踐，是多數人聞所未聞的，許多蘭石的訪道好友都曾注意到父親這種隱藏的禪。

「水平式思考法」是幽默感的泉源，但父親展現著不同的禪喜慈力，既非直線亦非水平，像個凝然的點而能容納自他心天，使兒女們認知空性，能斷執也能生信，領略廣大如海的自由，體驗放下，這是父親默然的幽默。父親寡言，更不用哲學語言；同樣的，也沒有大腦戲耍式的「幽默」。他輕鬆、常笑而不多話，我們記得，常常他教導、訂正我們所犯錯誤的時候——還有，他承擔苦難、承擔兒女胡鬧等等干擾並視為苦瓜甘露的時候，所發出的慈祥寬恕的氣氛。笑對「壞」，「壞」竟成「好」。不僅使兒女們能靜心關照到所作的因緣與對錯，更感到智慧的喜悅、放下的輕鬆感，體驗到寬恕心與義行的自在灑脫。不記得他曾需刻意去「說幽默的話」。

人對人，常有導致緊張的訓話，與源自壓力的責罵。父親對於兒女的教育，因他自己不虛言累言，不虛笑儡笑，言笑皆只由心，故而兒女自然地會注意到他每一句蓮花般的笑言，沒有上述「緊張」、「壓力」的苦。既無這些緊張與壓力，便無需多餘的來自壓力緊張而尋求迂繞、舒緩的笑話，能以更開放的心境領略父親的訓誨，打開心眼看見父親的內面笑容，共振朗笑的對話。

那截然不同於現代式樣的幽默——以迂曲聯想製造笑點。父親一生甚少用諷刺、反諷的方法說話，他彷彿缺乏繞彎（諷刺、綺語）的神經。聰明、敏銳的他說看不懂卡通——甚至說看不出畫了什麼。而他實為優秀的造形藝術家——一個對盆栽、書法的形上氣韻有卓越直觀力的人。也許因此他反而看不懂需由迂曲聯想誇大來相應、領會的「卡通」？這一切蘭石從小看在眼裡，懂在童心。

這一點母親亦然。母親常被父親那種幽默逗笑，但對時人的（例如電視上的）迂曲誇大的搞笑卻不相應、聽不懂。對這個已「凡事皆只是包裝」的虛妄世界，她仍是「望文生義」地去瞭解世界，活在「名正言順、直心無妄」中。某人被稱為千歲爺，她便會以為他活了一千歲。母親不識字，大腦沒有文字，沒有文字遊戲。或許她比原始人更原始，因為她活在現代卻仍有原始的空性，令鄰人嘆異。她是文盲，卻能無痛產子、無教教子，孩子個個純淑上進。

來臺五十年後，坦淡靜默如大理石，手腳冬暖夏涼，愈年高愈健朗，步步念數，恆常無斷。父親喜歡在散步時數數字，所以蘭石常問父親從某地到某地有多遠？父親便會答出那是幾步的距離。父親慈祥的生命情調使親友鄰人都感到自然恬靜，那是老人空性（前後念斷，靜中生悅）的慈祥暖陽，與孩子懵懂的童心喜悅共振著吉祥花。

一九九八始，父親跟蘭石說了些養生原則，如「多年來晚餐後不再食」。當說這「長壽因素」時，蘭石發覺另一重點：這「多年來晚餐後不再食」在蘭石回憶確實如此，但父親卻從未說此原則，更不會要別人也遵從，所以蘭石甚至不知道父親有此原則。另一訣竅「腸中無滓，生命不死」甚至是在父親最終日子裡蘭石才聽到。言行都互相看在眼中的親密的一家子，不曾談論這些「寶訣」，但潛意識仍得到了燻染。家師的「作而不說」，不好為人師，可見一斑。

父親一生極謙虛，臨終前蘭石對他說：「爸爸你是我的模範。」他猛搖頭。

蘭石在新加坡任教時，每天例行打電話回家跟爸媽聊天。某天，爸爸說，高雄市政府社會局人員今天來到家裡訪問了老爸三趟，分別問了生活情形、養生之道等等。

訪談人員說，老爸是高雄六十多名百歲人瑞中唯一耳聰目明、行動自如的。

老爸跟他們說，他沒有任何特殊祕訣，就是一切正常。

老爸的「一切正常」很不一般尋常。那是一般人不可能的做到的正常。

例如：早上，某式功法要練一千下，那就是一千下，不多一不少一。於是，幾十年如一日。所以，他什麼功式都是一開始就入定。

例如：以數數、數步伐的方式保持隨時覺知。於是，附近地區任何點到任何點他都能告訴你有距離幾步，很神。所以，一百歲了數數的腦力沒退化反而還在進步，尋常人若要數數總是數著數著就掉了，他數幾千不會掉。

說起來，社會局人員的訪談，能得到的是老人如沐春風的朗笑磁場；至於養生之道，問到了答案也悟不出三昧，還不如問俺。

家父發脾氣可大了，但是，超級理性，脾氣不上心，心境很安詳，所以，我被老爸痛打時，完全不會懷恨，當時就完全沒有懷恨。不騙人。因為他給人的感覺就不是憤怒打人，而是理性地執行家規。

家父年紀到了七十以後，大陸一起到臺灣的同鄉都快死光了。他是熱情的獅子座，是同鄉心中深情重義的好人。

八十歲時，大家真的都死光了，剩下一個幾乎天天一起乘涼的外省籍好兄弟。

九十歲，他的老兄弟死了，最後一個大陸同鄉。

俺要去拈香。老爸說，幹嘛？搞那些？俺就沒去了。自己開心健康，就是對一切有緣眾生最好的超度，心中甚至不需要念起他；念起，就不是無為法了。

家父活了大約一百歲，打坐打了九十年，這對待親友去世的態度就是給後代最大的法寶。

這也表現在家兄（大哥）的死，家父眉毛沒皺一下，從此不再談起，家裡的所有客人、採訪者、鄰人，都幾句話就能感受到他的慈祥輕鬆，他一生都是服裝整齊乾淨，態度輕鬆慈愛，高雄市政府幾度來採訪人瑞時，很多女生都叫他爺爺，一個個搶著牽牽他的手。老爹不胖不瘦，沒有某些七老八十的人頹廢樣（例如衣裝始終工整合宜，不會穿短褲出門，不會不刮鬍子或一頭亂髮）。老爹保持了健康體態，沒有肥肚子，四肢有力（唯左膝較弱），到生命最後時期仍每天自行步行上下樓梯。最老的時候，眼睛雖然變小，卻不偏斜、不失神、不三角眼。老了，臉還是端正，不偏左右，沒什麼明顯皺紋。講起話來，語速猶如中年。

恩海望斷。家父張旭初（芝麟），於二〇一二年四月七日的前二日，在頗佳（迴光返照？）狀態下夢見家鄉兄弟來迎、自知時至，將夢境告知看護崔先生、舍弟與姊夫，再三說時候已至，並緊握親人手掌，凝視示意許久許久（姊夫特別強調深視良久，幾乎令人尷尬，心中略能領會老人之所欲言），卻仍保持此生中一貫的無憾無言、無當託付之事、無遺囑（除了許久前已說喪事可聯絡同鄉會會長摯友葉先生）。當時崔先生以其十餘年看護經驗而認為父親的健康在穩定進步中，於是開父親玩笑：「您要是能預知時間，請告知彩券明牌，我要去買。」七日凌晨約丑時（亦是父親生時）忽然生理現象開始漸弱，進入似無意識狀態，六時整（正對應其來臺後名字「旭初」）壽終正寢安詳入寂，儀容似笑格外慈藹，潔淨莊嚴如竺土菩薩。

為喪父，蘭石做了一輩子的準備，從七歲起就幾乎天天留心，近年更是尋思盡孝，想不到還是永遠不夠的。恩海望斷，無盡悵然。下班時間不再能打那始終安詳開心的電話：「喂……爸！我石啊……」只能忍住，到了無人路上再讓思念決堤。對父親的愛執，從幼年執著到中年。從幼時（睡父親身邊）夜夜守著父親的呼吸（父親六七十歲階段，經濟負擔沉重，夜裡呼吸聲時而不順，故蘭石總是注意著，怕父親呼吸中止），執著到爸爸成為人瑞，能執著到西天重逢嗎？人在西天不重逢，執著只能在夢中。放下執著，愛仍在，在這世界仍能感受到父親暖洋般的存在。父親走後某日，半夜四點醒來，才發現，眼睛閉上就有日出大光、大放光明。閉眼張眼了幾次。第一次，在光明之中起心張眼，看到在厚窗簾密遮的寢室內毫無光源，光源來自心世界；最後一次張眼，頓起一念：原來父親是這麼走的。

父親雖然不談過去事，但蘭石自小從叔叔伯伯（父親同鄉）交談中知道不少關於大陸家鄉的美好。例如，父親也說過的，家鄉的香蕉只要一根整個屋子就充滿香味，江東橋某個橋墩下的水，打上來就比一般水重。蘭石的童年、少年，為了父親微笑的慈容，總是用心課業、聽老師的話，於是被當時的教育機制鞏固了反共復國、解救同胞的思想，加上知道父親在國難所遭受的些許事，及長便有反共思想，但父親總提醒：過去的恩怨都隨一代人而過去了，當下已無仇怨，應該和平共處。在蘭石取得北大博士學位後，父親鼓勵蘭石留在大陸任教，而非留在他身邊；後來蘭石任教於新加坡，父親也無私鼓勵蘭石入籍新加坡，落地生根，別再漂泊。在新加坡的第七年，父親壽終正寢前幾天蘭石還在床側時，父親還希望蘭石回新加坡工作。父親走後，因為姊弟早已成家在外，家裡母親獨居卻又辭退了聘請來照顧她的外傭看護，所以蘭石便在新加坡佛學院的第七個學年結束後回臺與母親共住。回臺前，先到了福建漳州家鄉。蘭石從少年時期便想回漳州探親，尤其是在福州大學任教時，但是，父親不允許。終究，獨游七海的鮭魚，在四十五年的成長奮鬥後，張蘭石回鄉了。二〇一二年九月終於踏上了父親出生、成長的故鄉——漳州龍文區。心中的感動出乎意料，無可言喻的感動來自親人的真情。那真情，不是一種濫情，而是一生無悔的承擔。例如與五叔大兒子春波大哥談話，銘感五內。他一生活在二伯（蘭石父親）的陰影中——他因為身為「逃臺家屬」成為黑五類，在各個「革命」運動裡備受打擊與迫害，爾後也不能上大學、不能入黨。他仍憑著自己處於劣勢的奮鬥意志而脫貧，而事業大大有成。在兩對淚眼中，他告訴蘭石：他一生中，對二伯始終敬愛、憧憬、心疼、惋惜、引以為傲，對自己的身分（當年作為黑五類的「逃臺家屬」）也始終無怨無悔。那無怨無悔中，便有血濃於水的親情承擔。

當蘭石握著四叔的手，太震撼了，因為認識！蘭石認得那握了、愛了一輩子的父親的冬暖夏涼寬大有力的手。當五叔牽了蘭石的手要去佛前念誦，啊！那也是認得的父親的手。

祝願在大陸摯愛的大姊、四姊、大嫂，祝願四叔、五叔，祝願所有表兄姊、堂兄姊，祝願所有叫蘭石叔父、舅父、叔公、舅公、曾叔公、曾舅公的親人，祝願大家一生幸福，福慧雙修，解脫眾苦，邁向圓滿。

本文作者

張蘭石，國立臺灣大學造船工程學系學士、碩士，北京大學哲學系博士，現任國立東華大學縱谷跨域書院副教授。秉持工程學的實踐理性，研究蘊含在古老傳承中的智慧寶藏而實踐終極關懷。

在那靜靜的時刻……

朱嘉雯

我公公是個非常有個性的人！一九四九年，國軍潰敗，廣州幾十萬人馬大撤退，勢如風捲殘雲，只有他，依舊站在自己的崗哨上，不動如山。來到臺灣之後，幾經周折，終於投身杏壇，然而他與婆婆卻長年住在土階茅茨，蝸捨荊扉之中。歷任校長都要撥經費給他修繕宿舍，但是他從來沒有答應過。他平生從不迷信神佛，也不畏懼任何牛鬼蛇神。在他病危的時候，我小姑問他：醫生要來插管和急救。他也全部拒絕。他讓我想起蘇東坡的詞：「誰怕？一蓑煙雨任平生。」

我公公又是個非常溫柔的人。我最後一次見到他，是在彰化基督教醫院的病房裡。那時，入冬的寒流擾動了我們慌亂的心。得知公公病情加重，因而轉院的消息，我們連夜從臺北開車南下。我那時懷著七個月的身孕，跟著先生腳步匆匆，心頭浮現出種種老人家病重的情景。好不容易找到了病房，推開門進去，卻看見他好端端地坐在床上，神態自如，而醫院也遵照他的囑咐，完全沒有插管。

公公看見我隨先生一同來到他的面前，臉上的表情瞬間變得柔和又慈祥，彷彿在欣喜之中，還帶著些微埋怨，他把身體盡量往前傾，伸出手來握住我的手：「妳怎麼來了?!妳身子不方便，妳怎麼來了?!」他消瘦蒼白又溫柔慈愛的面容，是那年冬天最溫暖的太陽，能融化人心……。

公公十八歲那年隨軍來臺，在臺灣生活了五十六年，最後長眠於花蓮軍人忠靈祠。

十八歲以前，他是廣東興寧縣城曾家的小少爺，「興寧城內有一條（商店）街，全都是你爺爺的。」公公曾對我先生這麼說。可是這位小少爺好像做什麼事情都不成，他父親先是指派他管米舖，不成；管布莊，也不成。最後派他去監造老爺爺自己的墳墓，因為有錢人都是生前作墳墓的，這會兒天高皇帝遠，小少爺居然留下來了。他在工地每天負責給挑土石的工人分發竹籤，一擔土石給一支竹籤，讓他們下工後憑著竹籤去櫃臺支領工錢。而他總是偷偷地多塞幾支竹籤給女工們，「她們比男人還辛苦。」小少爺說。

後來不知道為了什麼，他與爺爺起了很大的爭執，爺爺拿起扁擔來就打他。他的脾氣也很倔強，竟然頭也不回地離家出走了！他去到了廣州，看到憲兵隊在募兵，於是就從軍了。那一年，正是一九四九年。

在動盪的時局下，蔣介石也同時來到了廣州，於是公公的命運，就在那一刻與之紐結在一處了。公公是蔣介石的衛哨，蔣當時已經準備要撤退，也許是心情很不好，脾氣特別大，因此公公就算站得遠，也能清楚地聽見蔣在會議室裡摔杯子罵人。

另一方面，興寧老家的母親聽說小兒子在廣州，便趕緊派家裡的長工去接他。長工對站衛兵的小少爺說：「你母親很想念你，快回家吧，少爺，你把槍丟下，跟我走，車子就在前面。」但是我公公從來就不是個逃兵，於是他注定了與父母從此天人永隔。許多年後，他才知道，母親過世前，還唸著么兒的名字。

在廣州大撤退時，我公公所屬的部隊負責墊後，因此他們得等所有的軍隊都上船離岸後，他們才能夠開著小艇前去與外海的軍艦會合。而此時，中共的砲艇已經追上來了，國軍部隊長下令開火，雙方展開激烈的交戰。公公說他當時整個人趴在船舷下，只把手舉起來開槍。我先生小時候曾經好奇地問他：為什麼不把頭抬起來描準？公公雙眼圓瞪，用力拍桌，厲聲喝道：「要是我把頭抬起來，現在還會有你嗎?!」

當小艇來到軍艦旁，從甲板上垂放下來的繩梯卻不夠長，於是小艇上的人就得配合浪潮往上跳起去攀抓繩梯。排在公公前面的同袍，因為浪打得不夠高，跳起來還是抓空，竟直接掉到海裡。那部隊長根本沒有時間去管掉到海裡的人，在後有追兵的緊急時刻，他只能挨個兒地指揮，對我公公說：「下一個，你，上！」

軍艦載著公公來到了臺灣，部隊駐紮在彰化市民生國小。整天「一年準備，二年反攻，三年掃蕩，五年成功」。不久後，他被挑選去「情報人員幹部訓練班」受訓，其任務是準備空投回去大陸當敵後工作人員。有一天夜裡，長官集合所有受訓人員，將他們帶上飛機，飛到高空便叫大家跳傘。收傘之後，公公以為自己已經回到了大陸，但是身上只有一把刀，一包鹽和一張地圖，地圖標示著集合地點。他獨自一人，長時間走在荒草榛林中，走得又累又餓又渴，忽然看到一條蛇在地上蜿蜒，他一個箭步上前，將蛇抓起來，折斷，吸血止渴。然後走到平地，赫然看到了電線桿，上頭綁著掛牌，牌子上標示著地名與編號，他這才明白過來，原來自己還在臺灣，這不過是一場訓練。

公公心想，這樣下去不是辦法，於是主動去報考陸軍官校，而且也讓他考上了。算期別是陸官二十四期（郝柏村十六期），可惜要報到前，他們看守的彈藥庫，因為有人吸菸亂丟菸蒂，導致彈藥庫爆炸，當場所有人都被炸死了，只有公公倖存，然而卻是全身著火，幸虧他迅速跳到農家的茅坑裡，才得以保住了性命，但是因為受傷住院，無法去官校報到，那入學資格也就被別人占走了。

就在此時，蔣介石為了堅定反攻大陸的信念，頒布了「軍人結婚條例」，依規定必須年滿三十八歲，並且升到上尉才能結婚。看到這個條例，我公公的少爺脾氣又發作了，「他媽的，老子要是升不到上尉，不就要絕子絕孫了！」不幹了！反正他也無法去讀官校，而且那時已經認識了讀民生國小六年級的我的婆婆。

當時離開軍隊不叫「退伍」，叫「自謀生活」。意思是從此國家就不管你了。公公沒錢、沒親人、沒朋友，獨自一人在臺灣過著顛沛流離的生活，從民國四十年到五十年，也就是他二十歲到三十歲的青年時期，那是他最困頓的時候，這個階段的他很沒有安全感，而且這層陰影，總是揮之不去，致使他這一輩子都在擔心孩子們會衣食無著，流落街頭。

起初，他在臺中監獄當臨時管理員，同時苦讀ㄅ、ㄆ、ㄇ、ㄈ，學習「國語」，不久之後，考上了教師檢定，被分發到馬祖南竿當小學老師，這樣才算安定下來了。我先生常說：「小時候每逢過年，我們都會收到從馬祖寄來的麻布包裹，透著晒乾的魚貨味，這就是他學生寄來的。」公公在馬祖教書時，曾經花了新臺幣五塊錢（那時薪水是三百塊）買了一碗豬肝湯給因為營養不良而生病的學生滋補身體，這位學生姓曹，多年後成為省教育廳的督學。曹督學曾經打電話給公公任教學校的校長，詢問學校有沒有一位曾老師。校長以為曾老師闖禍了，因此上級來查問，他緊張兮兮地從校長室走到隔牆的老師辦公室，惶惶不安地跟我公公說：「教育廳的督學找你！」其實，那只不過是學生來問候老師罷了。

除了曹督學之外，在公公三十五年的教書生涯中，還有一位令人印象深刻的人物。因為他曾經被判死刑！黃少克，曾經是村莊上的傳奇，他長得高大、白淨又帥氣，加上從鄉村走到了大城市，最終在師大體育系畢業，因此成為村人眼中驕傲。這個有為的年輕人，每逢過年都會來家裡向老師、師母拜年，也是我先生從小景仰、喜歡的大哥哥。所以他一直無法釋懷，這樣一位青年才俊，怎麼會走上死刑犯的不歸路？

原來，黃少克大學畢業後去受預官訓，受訓期間教育班長為了鍛練他們這些大專生的體能，在做伏地挺身的時候，竟然拿刺刀抵在受訓學員的胸口。雖然這樣的體能訓練對體育系的學生來說，是足以應付的，但是對其他人而言，可就不是那麼回事了。因此黃少克告訴教育班長，這樣子訓練非常危險，萬一學員撐不住，豈不是要受傷？他為了保護體能弱的同學，跟班長起了爭執。教育班長一狀告到上頭，長官以「不服管教」把他退訓。

於是黃少克只好去當大專兵。只是厄運再度降臨在他的身上。那時連上有一個班長跟他借錢，而且屢催不還。有一天，黃少克站衛兵時看到班長經過，再次要他還錢，沒想到班長因為快退伍了，所以想賴帳，於是發了狠話：「我就是不還，你想怎樣？」黃少克也火了，就把子彈上膛，舉起步槍說：「你今天不還錢，就別想經過我面前！」班長以為少克不敢開槍，因此大搖大擺繼續往前走……。

黃少克就開槍了。

當他醒悟過來的時候，班長已經死了。他慌張卻也很聰明地往自己大腿上猛地開了一槍，製造兩人起爭執的案發現場。

可是軍中的調查結果，還是以他「暴行犯上」，移送軍法審判。判決書送到家裡的那天，黃少克的父親來求我公公，黃父老淚縱橫地對公公說：「只要我兒子能活下來，任家裡的哪一塊田產，只要曾老師開口，便送。」

公公說自己沒那麼大的能耐去改變判決結果。不過他還是盡力透過以前在部隊裡的關係，安排了黃父偷偷進了憲兵看守的牢房與兒子訣別。在那令人揪心的時刻，父子倆都以為今生再也見不到面了。

或許是黃少克命不該絕吧，國防部覆判黃少克無期徒刑。最後他坐了整整十年牢，爾後假釋出獄。

出獄的第一天，他就頂著個大光頭來看父親。師生相見，抱頭痛哭！既高興又悲傷，人生最美好的十年青春，已如煙消散，無影無蹤。

後來村莊上傳出，黃少克的腦筋「趴待」了！沒辦法，實在是關太久了。那個曾經高大、白淨、帥氣的大哥哥，村裡人眼中的驕傲，到哪裡去了？

黃少克的故事發生在公公任教於永和國小時期，不過公公當年從馬祖調回臺灣之後，是先到南投縣信義鄉同富國小蹲點，等待平地學校的空缺。雖說是平地，但還是農村，所以我先生從小在鄉下長大、讀小學、讀國中。農村鄉下野孩子的「把戲」，他可是樣樣精通！

他跟著放過牛，坐在牛背上；養過羊，知道小羊跪乳是因為站著太高吸不到奶，而不是因為牠孝順；他趕過鴨子，經常見到鴨群會排成人字形前進；至於養雞養狗更是農村每家必備的，還有爬樹淘鳥窩、抓蝦釣魚游水等等，都是家常便飯。但是，千不該萬不該去摘農家的水梨，那是高級經濟作物，要用來賣錢養家的。

先生常說這個故事：「農主到家裡告狀，說我摘他們的水梨。父親問明經過，說他會處理。小學二年級的我，雙手被父親綁吊在柚子樹上，全身騰空，用拇指粗的竹鞭抽打，而且是在全校學生放學排路隊經過我們家的時候。」

其實公公是刻意打給全村的人看。因為全村就只有他一個「外省人」，他要讓村民知道，他並不循私。

我先生經常回憶童年時光，也會提及那時全村只有一個外省人的景況。「我在父親任教的學校讀完六年小學，他規定在學校只能叫老師，不能叫爸爸。他從不讓我當班長，犯錯處罰是別人的兩倍。我經常為此感到不平，長大後才知道他用心良苦，這跟全村一百多戶人家，只有他一個人是『外省人』有關。」而村莊上每隔十二年都有大型的迎神賽會建醮活動，到那時，家家戶戶以豐盛的食品供應信眾，整個村子隨即盪漾著嘉年華的喜慶氣氛。而我公公這唯一的外省人卻從來都是置身事外，一點兒也沒有想要入境隨俗。這一點讓村莊上的人頗感訝異！我想或許是因為他意志剛強，從不信鬼神的緣故吧。公公在這裡教書教了三十年，他的學生，從爺爺教到孫兒，以至於婆婆只要一出門，滿村的人，無論老小都喊著「先生娘」。雖然他不參與廟會慶典等活動，但是這唯一的外省人，臺語卻說得極好！當然他的國語也很標準。而這些語言都是在他二十歲以後，才開始學的，在此之前，他只會說客語。

公公生活得很辛苦，主要是在精神上過得很苦。從他告訴孩子們，他是「在夾縫裡求生存」，又對孩子們耳提面命：「不要當馬前卒」、「要有政治敏感度」……等等，可以想見他的危機意識。在物質生活方面，他一輩子粗茶淡飯，不存錢也不置產，因為「你爺爺那麼有錢，共產黨來了還不是什麼都沒了」。

公公雖然窮苦，但是對他的孩子是慷慨的。當年我先生以全校第一名的成績小學畢業時，身為父親，當然很開心，因此特別帶兒子到臺中去買了一隻手錶和一個收音機當作禮物。手錶是ALBA雅柏牌的，金亮的錶面，皮製的錶帶，一共花了他六百元新臺幣。「全村的小孩還沒有人有機會戴手錶，同學們都拉著我的手翻來覆去看得津津有味。」先生回憶往事，那表情彷彿已經走進了時光隧道，而且寧願在那往日情懷裡駐留。「那個像電瓶一樣黑黑方方正正的收音機，陪我深夜讀書，聽著警廣主持人凌晨姊姊播放Morning has broken，直到國中畢業。」

不久之後，發生了一件讓我先生很吃驚的事。蔣介石去世那一天，公公在學校值日，被通知要降半旗（假日的值日老師要負責升降旗），中午回家吃飯時，先生看到我公公惶惶不安，而且口中喃喃自語地直說：「完了」、「完了」、「老頭子死了」。「我從沒看過他這麼緊張和擔心。我不知道他後來是怎麼克服的，但我知道他大半輩子都在擔心共產黨會打過來。」聽他說起這段往事，我也想起了我父親，他正是陸軍官校二十四期生，因此他也提過蔣公逝世時，他們必須以門生的身分長跪於靈柩前。

然而與我父親不同的是，公公早在開放兩岸探親之前，他就收到從加拿大寄來的家書，而且信上說「家無隔日糧」。這使得他非常驚訝，因為他從小看著家裡的米倉老鼠為患，怎麼就到了家無隔日糧的地步呢？於是他託退伍後跑船的袍澤從海外寄美金回家，每次一百、兩百……，為此婆婆還曾經跟他吵架。後來又收到九十高齡的爺爺講話的錄音帶，只見他邊聽邊流淚。然而孩子們都聽不懂客家話，「也沒打算懂，因為我那時候已經進入青少年叛逆期，不太跟他說話了。」先生回憶道。「從小到大，我深夜讀書的時候，他就躺在床上抽菸沈思，等我就寢。我猜，他大概在想：如果共產黨來了，他該怎麼保護他的妻小吧！」

公公過世已經十八年了。十八年前，他離開我們的那個夜裡，我正在坐月子。等到先生辦理完所有治喪事宜，回到臺北，我只看見他一身疲憊，滿面滄桑。他安安靜靜地走進臥房，從嬰兒床上抱起孩子，然後坐進沙發裡。剛滿月的小 Baby，在爸爸的懷裡，睡得很安穩。他沒有說話，甚至沒有低頭看嬰兒。只是將自己的身體和臂膀圍成一個很舒適的圓，將孩子抱滿懷。

那是個靜靜的時刻，靜得讓我們可以好好地思念父親……。

本文作者

朱嘉雯，國立中央大學中國文學博士，現任國立東華大學國際紅學研究中心主任。熱愛閱讀與寫作，自謂有此二者相伴，人生永遠不寂寞。

輯四——昨日當我年輕時：童年憶往

我慈愛父母親的生命旅程

黃琡雅

因著朱嘉雯教授的書寫邀請，讓我開始了探查自己的身世。根據《臺灣地區姓氏堂號考》紀載及後裔爾園叔公遺述的《臺做篾街黃氏族譜》查考，從過程中一步一步了解到我的祖輩們艱辛的歷程，在清光緒二十一年（一八九五年）臺灣割讓給日本，中日戰爭期間，在日本皇民化的殖民政策下迫改姓氏，並改變神明及公媽龕之形體，甚至墓碑不許刻我內地之祖籍等，險遭滅種忘祖之禍，直至抗戰勝利，臺灣光復，嗣蒙復興中華文化之際，「做篾街」黃氏宗親會於光復後經各房出資出力，興建宗祠，重修祖墓，並增建納骨祠堂於灣裡鞍子墓地及整理公產，向政府申請登記為黃萬益祭祀公業合法社團，後也已獲登記峻事。

在這期間知曉了父親的祖輩們在明朝世宗嘉靖年間，在大陸福建漳州府漳浦縣七都七圖下保獅頭社黃家寨開基，傳裔子孫十四代，歷四百餘年，至世珍祖（黃益公俗稱翁仔公，生於康熙五十二年五月十五日），年方三十歲，於乾隆七年（一七四二年）從福建故鄉章淵古里隻身遠涉重洋渡臺，初在今日之三崁店糖鋪奮鬥數年，開闢奠基，於乾隆十五年（一七五〇年）再率三子元誠公「樸友」來臺，遷居於臺南西定坊做篾街（今之民生路一段電信局前一帶，日據時代為錦町二丁目附近）創業奠基，傳宗接代歷今已裔傳十一代（至田字輩），距今已有二百五十四年之悠久歷史，現尚有自有黃家供奉拜之「福德爺祠」之存在（因配合民生路拓寬，現改建為三層樓房）。所以黃家故人墳墓墓碑皆刻有「獅城」祖籍。

開基祖世珍祖公之後，第二世元誠祖在臺成家，娶祖妣柯氏循關柔德夫人，生有五子，而做篾街黃家分做五房繼承祖業，各房分居，立世創業之淵源由此開始。後裔派下號名字行順序為：本、應、朝、宗、祖、孫（伯）、坤、季、田、園、萬、頃、書、香、入、聖。從連雅堂先生撰編之《臺灣通史》及爾園叔公遺著《做篾街黃氏族譜》文獻記載中，提及做篾街黃氏宗族，當時在清朝時代與總管宮「黃」及新港墘「黃」並列為臺南府城域內之三大黃姓望族，乃為臺灣有數之書香世家，顯宦數出尤三世「本淵」祖（五房）最為傑出。

黃本淵，字靜涵，號虛谷，臺灣縣臺南西定下坊人（即臺南做篾街）嘉慶十八年（一八一三年）獲得優貢生的功名，道光元年（一八二一年）並考取了臺灣唯一的「考廉方正」，後來被派到福建長汀，當縣長教諭，因為他對生員諄諄善誘，教學方法又非常得當，很有建樹，不久就擢升為福州府學教授，監理鰲峰書院訓導，由於長期從事教育工作，使得他在福建省與臺灣府建建有了聲望，很受士林的尊敬，後來又因軍功，奉旨以知縣僅先選用，但他對於做官沒有興趣，而謝職歸鄉，回到臺南半耕半讀逍遙自在，以長者為世人所尊重，因為很有遠見，為了使地方繁榮，特向清廷租下安南區濱海一帶（今之本淵寮）海埔新生地約數百甲，獨力獨資雇工全力開墾，給地方帶來很大的財富，對現在安南區的開發居功甚偉，是安南區本淵寮一帶的開發鼻祖，當時為了紀念他的開發功績以「本淵寮」為地號名，永垂頌功。

本淵祖不僅精於詩詞歌賦，尤其擅長書法，所以各藝苑人士爭相收藏，根據悉渠的事蹟、筆墨，除黃後裔有樹人尚傳承收藏外，臺南地方仕紳，有清代「三郊」巨商蘇萬利的後裔蘇孝述先生家中收藏三件，一幅是中堂，一幅是橫軸，另一幅是對聯；另有永福路「益春」漢藥店外面高懸牌匾「益春」二字，即是本淵祖優美的筆跡。

從祖譜中得知四房謙紀公（本輝）是優增貢生，祖父是四房傳下之第四代「祖」字輩，父親是第五代，祖父黃祖獻在民國五十二年一月過世，我那時才兩歲多，對其印象不多，後來聽父親說起祖父時才慢慢拼組一些記憶，父親說祖父很疼愛我，常抱著我享受含飴弄孫的樂趣。在一個幼年記憶中，我似乎曾被粗心的哥哥推下大排水圳，被嚇哭的我依稀仍有被搓洗多次以除去汙水味道的印象，這個話題也常被我拿來揶揄哥哥，哥哥卻說他一點記憶也沒有。

有記憶起的環境是從住在北區一條喚作崇安街，老一輩的臺南人稱「總爺街」上開始的。

這條總爺古街是臺南古蹟老街，是清朝時期達官顯要的聚集地，也是臺灣府城鎮北坊的一條街。崇安街南端一帶早年有德慶溪流過。崇安街接近公園路、玉皇宮一帶是小山丘，德慶溪在今忠義路、成功路口遇此山丘，流向從南向北轉而往西流向鴨母寮市場。溪水轉折處有一凹陷，稱該處為「坑仔底」，因此崇安街曾稱為「過坑仔街」。這條街有許多待整修的古厝，就是日據時期的屋舍，而崇安街之所以稱為總爺街，話說清朝時過坑仔街的北面有臺灣總鎮署衙門，而當時在此居住皆為達官顯要非富即貴，故在康熙年間易名為總爺街。當時，總爺街是與雲霄街、弓箭街、詔安街連在一起的一條街，亦是城外經拱辰門進入臺灣府城的重要通道，逐漸成為重要的商店街，從街道及門面來看依稀可以感受到當時商業發達人聲鼎沸的畫面。

總爺街因防衛需求形成I字型街道，在路口兩端皆有廟宇的設置，目的一為了祈安，二則做為防禦據點，就有了上下土地公廟兩廟的建立。總爺古街的首尾分別座落有鎮轅境與總祿境兩座土地廟，前者又稱「頂土地公廟」，後者則又稱「下土地公廟」，是這街道的信仰中心。兩間廟據說都建於清乾隆十三年（一七四八年）。據耆老表示，總爺街的地理屬蜈蚣穴，頭部位置在頂土地廟，尾端則在下土地廟，蜈蚣的三十六隻腳形成當地三十六戶富商，所以當地流傳一句俚語「九萬二十七千」，意即九戶人家有萬貫家財，二十七戶是千銀百兩階級的人家，一句話道盡老街富庶之景。總爺街位於今日臺南市北區崇安街一百一十三巷口起，沿崇安街東北東至崇安街六十三號鎮轅境土地祠前止，是臺南市保存較完整的老街之一。狹小的崇安街起點是與北華街七十一巷交接的「頂土地公廟」，再接續漫步至忠義路的「下土地公廟」，這一路上古老街屋仍保有一些傳統味，仔細觀察便能發現，這些店屋並非直線排列，而是呈現一間比一間「凹」的型態矗立著，據當地耆老說，老一輩口耳相傳，這是為了遏阻敵人長驅直入，確保居民防守的地理優勢。這些街道鋪陳出我幼年的生活歲月，雖然現在變化很大，每當走過這些幼年生活的街景，記憶還是非常鮮活的。尤其後來出社會之後，忙碌奔波之餘常到土地公廟祈福，也變成了年輕歲月中不可抹滅的記憶。

在崇安街的幼年生活

祖父家道中落後，生活重擔便落在父親身上，與母親婚後便搬到外公的住處，與外婆及母親的兄弟家眷們一起生活。外公李會川是當地有名的中醫師，人稱藥店川，在崇安街上開設中藥鋪，屋型是一條龍的街屋，本屋與隔壁街隔著一條長長的小路，可從崇安街面穿過這條路直達開基天公廟入口，更可以右轉前進到成功路與公園路口，也是每回被媽媽追著打可以逃跑的捷徑。藥局門口有中藥鋪牌匾，門與窗戶漆上粉藍綠的顏色，一進門可以看到右側一大片的藥櫃，及包藥桌椅及看診桌，過了前廳後，要經過一個非常大的天井，天井旁有高高的防空洞，接著就可踏入這棟三層樓建築，它保有巴洛克裝飾形式的正廳，正廳前有高高的橫木門檻（臺語稱為戶橂），跨過門檻後映入眼簾的是高掛在大廳的「恩同再造」大木匾，木匾下有神案，還有全副的八仙桌配上兩側太師椅。正廳右側是舅舅一家人的房間，正廳後面則是外婆的臥房，以及往二樓的樓梯和通往廚房的走道，寬廣的廚房是外婆展示廚藝的地方，裡頭有我童年幫忙燒水看顧柴火的大灶，每每到了外公忌日，外婆總是一大早就開始在廚房忙活，要準備招待從遠地回來的兒孫們，在祭祀儀式過後，所有大人小孩總要圍成三桌，吃上外婆精心準備的豐盛菜餚。那是一年中最熱鬧的時節，一年中方才見著的親戚們，母親就會藉機介紹說這是二姨，這是六舅，這是五姨，這是表姊表妹……，外婆是外公在大房外婆過世後娶的二房，外婆與大房的小孩非常親，大外婆生了六個孩子，外婆也生了六個孩子，加上舅舅阿姨們各自婚後生養不少小孩，到了外公忌日的時候，就可看到滿屋子都是人，熱鬧異常。

那時正廳擺著一臺黑白電視，我和弟弟妹妹以及哥哥、表兄表弟們會端著自己的碗，看著電視節目吃著香噴噴的飯，尤其是棒球賽的夜晚，那是吃王子麵的好時機，也是小孩子們最期盼的時光。過年前外婆特別忙碌，除了準備貢桌上的橘子以及甜品之外，還要準備蒸年糕，外婆會搬出石磨一杓一杓添米加水，磨出細滑的糯米漿，裝袋重壓之後，還要攪成米漿，放上蒸籠，蒸出紅豆年糕跟鹹年糕。除了蒸年糕之外，外婆還會包菜包，外婆茹素多年，很會煮素菜，每年也會抽出時間帶我與弟弟妹妹到大崗山的佛寺住上好幾天。那時我是跟外婆一起睡的，每年到了除夕夜前一晚，外婆總要我幫忙數錢，幫著包好一包包的紅包寫上名字，外婆在大年初一的拜年儀式裡，分給回來拜年的子孫們。外婆吃齋拜佛多年，是非常慈祥的長輩，有著彌勒佛般的厚大耳朵，因為糖尿病過世了，母親說外婆過世的時候身軟如棉，我想應該是佛祖接外婆去了極樂世界。

記得我小學三年級時，母親在外婆家的天井左側與後面空間開始養起鳥，一籠一籠的鳥籠裡養著金絲雀、小鸚鵡、以及一些我不認得的鳥兒，我在上學前要到附近的農夫菜園去提白菜，這是餵養鳥兒的新鮮好料，母親總是在下午三四點就喊我們回家，一番洗漱、晚餐過後，母親開始煮蛋、準備鳥兒的飼料，在鳥兒越養越多的情況下，我和哥哥放學後必須幫著母親給鳥兒餵飼料換水與除鳥屎，對一個小孩兒來說，友伴們在街上嬉笑玩耍的巨大誘惑，那是很揪心的，但我跟哥哥都不能出去跟小夥伴一起玩，內心真是無比的難過，只能祈禱這種差事早點結束。

外公高明的醫術救活了當時早產的我，聽母親說我出生時體重過輕又不足月，小小身軀鼓著一個透明的大肚子，吸不下奶水又一直啼哭，外公開出方子又餵我用犀牛角磨出的湯藥，幾經折騰後才撿回我的小命。外公雖有一身的高超醫術，卻沒有子孫傳承衣缽，在外婆過世後，舅舅們分家了，也將這棟承載我二十歲前的生命地圖，輾轉出售給建商，這幢美麗身影也在拆除聲中畫下句點。直到我大學畢業後，我們從崇安街搬離，在育德路租屋住下，後來父母把積攢了一輩子的辛苦血汗錢，在海安路買下了目前的住屋，全家終於有了一個自己的居所，也終於能過上一個不用看人臉色的日子，但也耗去爸媽一生的健康與歲月。

在母親回娘家生活的歲月裡，我們都嘗盡了寄人籬下的苦楚，狹小的空間不僅要容納父母親以及失明的奶奶，和我與哥哥妹妹弟弟四人，一家七人的生活天地僅有二個小空間、一個小到不行的廚房，沒有浴室，通常都是小廚房前後門關上後，變成一人可洗浴的空間，只容得下一個洗盆，後來爸媽將廚房空間略加改建之後，才有一間極小的浴室，廚房也就變得更小了，所以我們從來沒有一張像樣的吃飯桌，我們的住屋是臨著崇安街面，那時奶奶眼睛已經全盲，奶奶的洗澡與如廁問題就由我負責，可以想見當時的困頓，那時的大床上睡著我們四個兄弟姊妹與奶奶，隔壁就是爸媽的臥房，這不到二張榻榻米大的臥房，放著三個衣櫃，一個化妝檯，和奶奶的那個大床一樣，這種挑高的床，下面有深的小拉門，十分堅固。後來奶奶被叔叔接去公英街住之後，才再改裝成我們的書桌兼睡鋪（睡地下），爸爸也是在那時為我們添購了音響與黑膠唱片，以及漫畫書。生活雖然困苦但是一家人緊緊捱著，甜蜜而真實。

一早看母親蹲著身，洗著前一天全家七口人換下來的衣服，那一整盆的衣服靠母親手洗的速度，一一撐上晒衣架後，後面還有忙不完的家活等著她，年幼的我被要求每天去菜園子提菜回來給鳥兒吃，我可是沒有怨言的，母親有時也給我們小孩子找小工賺生活小費，我作過穿鞋扣、剪鞋面綴線，一大盒的鞋扣穿完了才幾毛錢，從那時起我就告訴自己，要脫貧唯有認真讀書，主動積極面視自己的功課，自小自己上學放學，下雨天的時候，忙碌的父母親已是分身乏術，不能給自己送傘，連午餐也是就近到成功國小對面的鴨母寮菜市場內，點一碗米粉湯或是湯麵輕鬆解決，身為家中長女，從小更能體諒父母的不易。崇安街的單雙號民宅的國中生分發學籍是不同的，我家對面的孩子上的是民德國中，而我上的是延平國中，那是一所升學率不高的學校，學校附近是眷村集合住宅，爸媽深知教育的重要性，為了讓哥哥、妹妹及弟弟有個良好的學習環境，託人轉了學籍，哥哥上了建興國中，妹妹弟弟上了寶仁幼稚園與寶仁國小，每天搭校車上學，妹妹後來在中山國中就讀，弟弟上了臺南二中，而我上的是家附近的第二幼稚園與成功國小及延平國中，我也順利進入國中優等班，後來我與妹妹先後上了臺南女中，父母為兒女的學習真是操碎了心。所幸我們都是爭氣的孩子，透過努力爭取到自己心儀的學校。

父親當時在熱鬧的中正路上開了流行服飾百貨行，母親則需要為員工準備中餐與晚餐，所以快到飯點的時候，父親便騎著摩托車回來，把裝飯菜的木箱綁在車後尾，再載上母親一同去公司，爸爸下班到家都將近晚上十一點了，這樣的作息也維持了好長一段時間，後來母親就專心在家從事起養鳥的副業，父母親因為飼養的鳥經常被老鼠咬死，成效也不好，才轉成飼養狗，父母親一早開始準備煮料，烹煮、清潔狗舍、清洗狗、照顧生病的狗兒、接生懷孕的狗兒，隨著狗兒數量增加，工作量也越來越增多，有時還顧不上吃飯，父親本著凡事力求精湛的自我要求，也把這件事做成了專業戶，多次在競賽場上獲得殊榮，這些獎盃還放在家裡的櫥櫃裡，那是父母親一生辛勞的紀錄。

樂當超級粉絲的母親

住在崇安街的時光裡，幾乎整條街的人都相識很深，街坊鄰居常常站在對街就這樣攀談起來，誰家的誰如何了，所有發生的事幾乎人盡皆知。聽到楊麗花要在臺南登臺的母親，一早就去周遭打聽好了，也早早把我們四個小孩打理好，搭車直奔會場，有一次還探聽到楊麗花可能下榻於鴨母寮菜市場內的許炳丁家中，那會兒許多人都圍著許家探頭探腦的，一股勁的往裡瞧，好不熱鬧。還記得小時候五花瓣合唱團曾經繞街亮相，整條崇安街面擠滿了大人小孩爭相看著時下的偶像，那時的母親樂當一個追著偶像跑的粉絲，還滿前衛的。

隨著孩子們一一從學校畢業進入職場，家弟感念父母親漸漸年邁，願意接手養狗工作，父親因身體狀況略有耳背現象，為了在工作間內能查知有人拜訪，父親特別在屋內安裝紅色閃燈提醒有人喚他，父親每天除了清洗狗屋之外，也按序清洗狗兒，洗淨後烘乾梳理毛髮與修剪，父親的巧手總能將狗兒打理得乾淨漂亮，不過數量上百的狗兒，每回處理的工序費工耗時，一天下來最多能洗七八隻，那已是工作能量的極限了，看著汗流浹背揮汗如雨的父親，竟常常沒吃午餐拚命工作，若再遇上狗兒生病或生產，父母親總是沒日沒夜地照顧著狗兒，這種拚命三郎幹活的日子，在父親宣布結束營業後幾年才澈底歇下，而家弟才又回到當上班族的生活。

初搬到海安路時，緊捱著我家那塊當時購買時號稱的畸零地的隔壁是一片空曠地，母親歡天喜地的在上面栽種了許多蔬果，清晨與黃昏時候，母親總會用心灑水灌溉，看著瓜果日日長大，喜悅之情躍然臉上，豐收的成果給我們帶來許多歡樂，長得極快的冬瓜苗隨著藤蔓攀延長出一個又一個肥碩的冬瓜，母親總會收割下來後分送鄰居，記得有一回芒果長得個個頭好壯壯，母親還說等過兩天再來收成，那承想隔天一早便發現，那十幾個肥美泛紅的芒果竟不翼而飛，樂觀的母親說那一定是有需要的人拿走了，就算送給他們好了，希望他們吃了高興健康，母親的熱心腸是周遭家族與友人皆知的，母親對姨舅照料體貼有加，遇上姨舅有難關時也常出手相助。而父親好像擁有綠手指的魔力，植物在他手中總能活出自己的好樣，父親喜歡種植尤其是蘭花，在原先飼養狗兒的場地上搭建了遮黑布，掛上一盆一盆的蘭花以及許多我叫不出名的植物，把它們一排一排整齊的擺上，空中花園頓時展現生機盎然模樣，後來父親不忙狗兒工作後，總要花上許多時間修剪一株株的植物，為了給我們一種只有家才有的幸福。

在淨空狗兒後的生活裡，每天早上母親會在我們出門上班前，在每人的機車座椅上放好營養包以及一袋薏仁湯，營養愛心包裡頭有維他命、綠藻、善存、魚油，母親說那是她的愛心，年輕時候沒有精力好好照顧我們，現在擔子輕了，把我們照顧好了，也把她和父親照顧好，讓我們沒有後顧之憂，可以全力衝刺，那才真正體貼我們。聽母親這麼說，我自己更倍覺慚愧。我在私立長榮中學服務十四年後，思索著如何改變自我脫離舒適圈，便毅然辭職，選擇往碩士學位進修努力，期間每日往返斗六臺南兩地，那時剛學會騎摩托車的母親，一早載著我到火車站，讓我趕上第一班五點多的復興號，再轉搭區間車到斗六，才能趕上八點的課，這也讓我在一個月內減瘦十幾公斤，有時還要麻煩父親來火車站接我，為此我爭取兩年內取得碩士學位，畢業典禮當天家弟載著父親與弟妹（當時還是家弟女朋友的瑞華）來參加我的碩士班畢業典禮，我在父親的臉上看到他的讚許與高興。爾後在崑山科大專任數年後，再度考取博士班，父母親都非常支持我繼續攻讀，同時在獲得兄弟妹與父母親的同意後，將自己在外開設多年的畫室移回住家，也開始每月奉上孝養金，感謝父母親長年來的養育與照料。

家弟生了一對孩子，小姊弟的出生也撫慰了父母親第一次當爺爺奶奶的心靈，記得母親把小蘋果抱在懷中仔細端詳小小臉龐的那一刻，流露出的眼神盡是無盡的慈愛，稚嫩女娃的哭聲一下子就牽動著全家人的神經，母親可稱得上最稱職的奶媽，無微不至的照顧，也培養出祖孫濃濃化不開的情意，那時小蘋果是全家人的開心果，含飴弄孫的快樂加上小小孩的天真與笑語，更成為撫慰父母親情緒的最佳良藥。記得小蘋果上幼稚園的第一天，母親還偷偷跑到學校看她，母親回來後流著淚說，她很捨不得小蘋果去上學，看小蘋果一個人在陌生的環境不知所措而哭泣，她很揪心，只想立刻抱她回來，看小蘋果放學回來後，祖孫倆抱著頭哭了起來，母親是位非常念舊又珍惜舊情的人，看著一手拉提大的小孫女漸離手心，心裡有一萬個不捨。後來弟弟小樹出生後，接送放學就成了父親獨享的幸福，在接孫女孫子回家路上，父親總會為他們買來包有紅豆內餡的車輪餅或煎的酥脆的水煎包，那是爺爺對他倆濃濃的愛，也是爺孫倆一輩子的記憶。

民國九十四年的一天黃昏，我在二樓準備吃晚飯，猛然好大一聲「蹦」，我聽著是從樓下傳上來的，趕忙查看到底是怎麼回事，剛走下樓快到一樓時，看見母親倒臥在樓梯口，人仰臥一動也不動，好像失去知覺，我連忙大聲叫著「媽媽摔倒了，快來人啊，媽媽摔倒了，快來人啊！」，家弟第一個衝下來，連忙撥開媽媽的嘴，挖出媽媽的假牙，弟妹趕緊撥打一一九，全家亂成一鍋粥，爸爸也被驚嚇到傻愣在一旁，好一會兒過後救護車來了，母親被抬上車，急忙開往成大醫院。因為事出突然，我來不及通知家長要停上當晚的畫畫課，只能耐著性子胡亂地把課上完，關好門後趕緊驅車前往成大醫院急診室，急診室裡擠滿了人，母親被推到走道，還是昏迷中，但頭上包了一大包紗布，醫生過來說已經照了X光，有幾處持續出血中，問我們說：「以前母親是否也曾跌倒摔到頭？因為X光片上顯示那些有的是舊傷」，我與家人面面相覷，不知所措，愧疚地說我們都不知道母親曾經撞到頭，只記起幾個月前母親說她走路怪怪的，沒承想那已是警訊了，我們都疏忽了這些問題，從沒想過父母親真的年紀大了，竟一日一日的蒼老變化到我們沒有發覺的地步。

坐在醫院的手術等待室，每個人臉上愁容滿布，等到了夜半，終於聽到護士說有手術室與病房，妹妹說她已經聯絡上牧師，在徵得家人同意後，在送去手術前幫媽媽祈求受洗為基督徒，讓上帝看顧母親，就在一片虔誠祈禱中母親成為基督徒了。爾後在家人守著等待室多時過後，母親結束手術被推入了加護病房，一天兩次的探病時間對我們來說極其珍貴，但也只能隔著玻璃看著母親裹著白紗布的頭，露出兩隻眼睛與無表情的臉，我們大力地揮著手以為母親看得見，醫生卻說母親看似地眨眼的動作其實只是反射動作，對外界的感知是失能的，聽到這個消息我們也挺不住了，全家哭成一團。

母親倒臥不起的印象一直盤據在我的腦海，多年後在我一閉上眼出現的就是這幅景象，也是從那刻起，母親再也沒有清醒過來，睡鋪從二樓搬到一樓後屋，協助照顧母親的人也輾轉幾次從國內看護到居家外傭看護，插有三管的母親病臥在床長達十二年之久，雖然我們盡力照顧讓她身上無一處褥瘡，但每每聽到母親抽痰的強烈咳嗽聲，都讓我揪著心，淚水也悄然滑落，母親是一位積極力旺盛、活潑親切又熱情的女子，成為植物人的她如是這般躺在床上任人擺布的生活情境，誰不心酸難過？不知那時的母親是否有意識？她的靈魂被鎖進身體，失去了行動力和知覺反應，不能說話不能動彈，怎麼也醒不過來，靠著呼吸器一推一進維繫著一口氣，身體陷入無盡的癱瘓中，每回我看著母親漸漸消瘦的四肢，那種無法替代母親受苦椎心的痛，實無法以筆墨形容。

父親在母親從二樓的房間搬到一樓後房住下後，陸續開始整理母親的衣櫃，將一件件衣褲分類、摺疊好裝入透明袋，還在每件衣服上頭以文字標註季節款式類別，父親俊秀的筆跡挺拔有詩意，是我非常喜愛的。幼時父親曾幫我代筆畫畫交差的過往也浮上腦海，升上高中由於父親藝術力量的感染，家人鼓勵與讚許我踏上學習藝術與設計的道路，在大學期間父親送給我二套國際藝術家全集（目前是絕版書），那是我至今珍愛的藏書之一，這些書籍開啟了我學習西洋繪畫的大門，我曾在無數個挑燈夜戰的急筆振書中，通過一張張臨摹來磨練技巧，也曾捨棄和好友同學出遊玩樂的機會，只想提升自己的繪畫功力，更常利用假日逛過一間又一間的畫廊、美術館，抓緊每一次可以進步，開眼界的機會，在大學畢業時交給父親一張名列前茅的成績，寬慰父母親的栽培與信任。

父親從來不曾打罵過孩子，極其疼愛我，更在卸下工作後擔起家中廚師的角色，父親會花時間採買每天飯桌上要端出的菜色，常請教有經驗的朋友，學習燒煮可口的菜餚，讓我們回到家可以吃上熱騰騰又美味的飯菜，父親的滷肉是一絕美味；肉片鹹魚豆腐湯則是別處吃不到的獨創好味道。那是父親以他的方式來愛我們，我覺得每一道都好好吃。每年的新年早晨必定有一道媽媽限定款-鹹粿仔湯，那是用滿滿豬耳朵、大塊肉、滷蛋……滷出一鍋香氣逼人的好物，再配上茼蒿菜，母親說那是福氣的一碗，一定要吃的開開心心，期許有一個好的開始，過一整個好年。

民國一百一十年三月送走了父親，至今仍時常想起最後一次陪著父親吃年夜飯的場景，那時父親八十九歲，略顯有些失智，除夕夜那晚，大哥大嫂、弟弟、妹妹、姪兒姪女、外籍看護，一大家子圍坐一起吃著豐盛的年夜菜，好不熱鬧，父親飯量不錯，大家提議拍個大合照，殊不知這張除夕夜的晚餐竟成了最後的全家照。

在我成長的記憶中父母親不常提及過往的辛勞與細節，他們以身教代替言教，親身示範為人敦厚善良的品格教育，父親是一座大山，坐在他肩頭，總能看得很遠很遠。母親是一棵參天大樹，坐在她蔭下，總能呼吸得很深很沉，我們沐浴著愛的陽光長大。父母親胼手胝足靠著飼養狗和貓，養大了我們四個孩子，一生勞苦從未享受過什麼，卻已離開了我們。您們用青春哺育我的懵懂，包容我的不羈，好想再聽母親殷切的話語，好想再像兒時一樣緊緊拉住您們的衣襟，留住您們漸隱去的身影，我看見了您們滄桑的臉頰，那兩鬢已白的髮，何時能報父母恩啊？我常悲哀仰望著，「父兮生我，母兮鞠我，拊我畜我，長我育我；顧我復我，出入腹我；欲報之德，昊天罔極」的呼喚。

父母親在紛亂的時代中，於臺南落地生根，相伴渡過了人生重重風雨、共同撐起這個家，那些無數艱辛克難的日子，成為悠悠歲月中，美好甘甜的回憶。蒙主恩典，在母親沉痾病榻、父親略顯失智的日子當中，我們能一路陪伴。父母親的離世，我們相信，上帝會帶領他們脫離病痛，永歸主懷，得著永遠的平安。

本文作者

黃琡雅，國立雲林科技大學設計學博士。現任國立東華大學通識教育中心主任，藝術與設計系教授。秉持正直和善良的做人原則，工作上努力和盡職的要求，廣結善緣。尤其關注視覺設計與文化創意開發，喜好旅遊與美食，嚮往多元文化交流推廣。

築港巷十二號

魏廣皓

曾經有位老師跟我說：「當你覺得沮喪的時候，就想想你兒時心中最愉快的畫面，那會是最能療癒你的方法！」

「跟一隻溫馴的大狼狗，嬉鬧追逐在日式宿舍院子裡，廚房炊煙飄出的陣陣香氣，耳邊傳來奶奶催促著我快進屋裡洗手，就要準備開飯了的慈祥聲音。」我想，那應該就是我心底最深最單純的開心時刻了，有點像是電影裡才會出現的畫面，記憶中，那應該是我七、八歲的時候吧！正好跟我兒子魏騫現在的年齡差不多。

紅色的大木門，灰色的水泥磚牆，牆內典型的日式屋頂瓦片，與一棵從牆外就可以看見的大柏樹，我的童年裡許多時間在梧棲的「築港路」上的「築港巷」裡長大，這名字很容易懂，就是當年臺中港開港時，工程師們所居住的一個宿舍群，築港路上有公寓、也有獨門獨院的，雖然我沒問過，但我猜或許爺爺因為是職位好一點的工程師的關係，我們家有前後院，那是棟日式的木造平房，就在「築港巷」裡的最後一戶，家裡後院隔著一道圍牆就是港務局長的超大宿舍。

就跟現在許多保存後的日式宿舍的一樣，客廳裡鋪著榻榻米，推開木頭門一走進去，就可以聞到整室淡淡的木頭香氣，廁所與浴室是分離的，在房子裡還有個日式的「壁櫥」，把紙門一拉開，就跟漫畫「哆啦A夢」裡睡的一模一樣。這架高與挑高的建築非常通風，一扇扇的窗戶都是用木頭做的框，連窗上的玻璃都是用木頭當壓條固定，坐在窗臺上就可以清楚地看到庭院裡的景緻，只要窗戶一開，對流的空氣就澈底清涼，在回到基隆上小學之前，我還沒「正式」的吹過冷氣哩！

那個院子裡可熱鬧了！有魚池，有鴿舍，還有一口儲水的井，前院通後院的小徑上除了有一排杉樹之外，後院裡還有各式各樣的水果樹，印象裡有葡萄、桑椹、桃子、芭樂、芒果、檸檬跟玉米，雖然都各只有幾顆，但對於當時年紀小的我，真的就像是座「植物院」一樣，我常在院子裡一待就一整天，爬樹、抓鳥、「灌土狗」（蟋蟀）、用自己做的釣竿在魚池邊釣魚，甚至還記得躺在大狼狗的身上，一起在院子裡睡午覺，但到了晚上夜闌人靜時，院子裡就會傳來一陣陣的蛙鳴，很愜意。

這描述起來感覺跟眷村有點類似，但不太一樣的是，大人們管這一區叫「臺中港務局宿舍」，雖然住在這兒的「爺爺奶奶們」有著各式各樣的大陸口音，但住在這的人並不是清一色的只有外省人，也偶爾會聽到些閩南語交錯在其中，「築港巷」裡一共有六戶，都是日式宿舍，有一戶是本省人，走進巷子，兩側種著修剪整齊的變色木與朱槿，會有種說不上的精緻感受，大多時候我們家的大門都是不關的，隨時可以歡迎客人來家裡聊天喝茶。

聽奶奶說，她和爺爺跟著政府到臺灣之後，先在基隆住了一段時間後再被派到臺中，爺爺都在港務局裡工作，最後定居在臺中。從我有記憶以來爺爺就已經退休，回想起來，我感覺他好像很有風骨，北大畢業的他獨來獨往常一派輕鬆的酷樣，很少看到他跟鄰居們說話，但對我卻疼愛不已說說笑笑，港務局退休之後還在沙鹿高工兼過課，至於教的是什麼課？我沒有機會問他，但那些院子裡的精彩卻全都是他的傑作，我常看到他拿著工具爬上爬下，光著上身滿身是汗地修剪著植物。而奶奶則是全職的家庭主婦，全身上下充滿著時代劇氣質的那一種，我常常跟她到不同「省分」的鄰居家串門子，有時候會聽到浙江口音，有時候會聽到上海或山東的口音，感覺她跟這些鄰居爺爺奶奶們都很熱絡。

我在上小學之前，是爺爺奶奶帶大的「長孫」，小學一年級下學期回到基隆與父母同住，但整個小學裡的寒暑假，幾乎都是在爺爺奶奶家度過的。

當超有個性的大小姐，遇上牛脾氣的北大青年！

爺爺來自河南滑縣，他不大說以前無論是在大陸或是來到臺灣之後的事，但他喜歡看京戲跟豫劇，也聽相聲，在戒菸之前，我常看他翹著二郎腿抽著長長的菸斗，有時候邊哼上兩句小調，我覺得他的人跟他的名字很像，叫「明謙」，有點固執又有點單純，他的鋼筆字寫得很漂亮，書桌裡常放著許多空白的信紙寫字，很喜歡講兩句英文，我的英文字母就是他教的，用現在的說法來說，應該可以算是有點「潮」。可能因為是北方人，他非常愛吃麵食，麵條、燒餅、饅頭到窩窩頭，就連吃餃子的時候也一定要就著生大蒜一塊兒吃，有時候更要喝上兩小杯高粱才過癮。

跟爺爺的耿直不一樣，奶奶可以說是個言詞中充滿幽默，又善於表達的人，她跟爺爺的相遇就像是電視劇裡大小姐愛上窮書生的真人版，她出身在廣東梅縣的大戶家庭，父親可是位鐵路站站長，家裡有傭人伺候，是個十足脾氣的大小姐，記得她跟我說，只要是她不喜歡的餐點，是可以直接打翻在地上的啊！這脾氣火爆的大小姐有著一個超浪漫的名字，「蔓琪」，加上了她的姓「陸」，「陸蔓琪」是不是像極了小說裡女主角的名字？她說她在學校裡還有個外號叫「小摩登」，什麼新玩意她都有，讓同學好不羨慕，也算是個風雲人物了吧！她的兒時成長環境也影響了對我小時候的教養觀念，當奶奶只要一看到有什麼新的東西，她總是希望可以第一時間買給我，她說：「男孩子就是要多見世面，有新的東西一定要試試看才對！」

爺爺出生在民國前二年元旦，大了奶奶十歲，奶奶常說她當初怎麼想也沒想到會嫁給一個有著臭脾氣的窮書生，要不是當年因為日本入侵大陸，她北上依親，也不會遇上爺爺，更不會一起到臺灣來，她常跟我開玩笑地說：「你爺爺沒有拿過一天槍！」。奶奶不太喜歡日本人，甚至不太喜歡用日本貨，這也難怪，她說當年日本人到他們家裡，因為是大戶人家，能搜刮的都搜刮了，就連牆壁與房子的柱子裡都懷疑藏著黃金，不放過一個個挖開來搜，那些歷歷在目驚恐又真實的回憶，讓她對日本人始終無法釋懷，從一個千金大小姐到逃難的日子，經歷過那些大時代的風霜，她跟我說的輕描淡寫，但我心裡卻感受的非常真實。

跟著政府剛到臺灣的他們，雖然有份有薪水的公家工作，但生活其實並不富裕，為了養活兩個孩子（我的父親與叔父），家裡那些相夫教子、整天柴米油鹽的差事就落在了奶奶身上，這樣練就了一身的好手藝，燒了一手好菜與做了一手好麵點，常常張羅著爺爺的同事們來家裡的一桌飯菜，還有父親、叔父與「同學們」的便當，這樣的廚藝，身為寶貝長孫的我口福自然也不淺。

難忘的韭菜盒子和珍珠丸子

每個小學的寒暑假，我最期待的就是回到臺中家裡，中低年級的時候沒有補習也沒有課後輔導，整個暑假就是在這日式宿舍裡、院子裡、周圍的小公園與大榕樹上度過。

我跟奶奶聊天的地方常常是在廚房裡，不像是現在廚房一樣有個中島檯，可以舒舒服服的坐下，我們則是坐在廚房的臺階上，每當她在處理午餐或是晚餐要用的食材，我就會坐在她身邊一起幫忙，便開始天南地北的聊，奶奶雖然是廣東人，但除了廣東話之外，卻可以說著一口字正腔圓的標準國語，她說剛到臺灣的時候，很多人跟她交談後都以為她的職業是老師。這些「廚房對話」從我的日常生活到她在大陸的瑣碎生活，但說實在話，我當時年紀小，對於她在大陸的生活記得不是太深，印象中有一段她很轉折的「從南到北」的歷險記，還有些她跟宿舍鄰居家的種種趣事，都成為這段「備餐」時的各種話題。

說到食物，在這個宿舍群裡，許多戶都有些讓我記憶深刻的佳餚與食物。

例如對面人家住了位很有個性，也一表人才的「王爺爺」，記憶裡他是湖南人，他們家的門口前院很有特色，是整片的楊桃樹，藤蔓經過被搭建的支架攀爬，已經成為了一個天然的「屋頂」，只要踏進到他們大門，看到陽光從這些枝葉中灑下，實在是美極了，他們家的後院樹木種類不多，但是有一整片可以在上面翻滾的韓國草皮，也讓小小的我很羨慕。因為那一大片楊桃樹，每當結實累累的時候，我透過牆外就可以看到那又大又黃的大楊桃，這個季節就可以吃到他們家的新鮮楊桃，還有「醃楊桃」。巷子口第一戶的「劉伯伯」印象中的口音是山東人，跟典型的印象很符合，包子饅頭是他的拿手絕活。

左鄰隔壁的「紀奶奶」家是本省人，跟我說話總是面帶著笑容，露出幾顆銀色的假牙，很親切的用「臺灣國語」跟我打招呼，鄰居們都跟著爺爺奶奶一樣叫我「小皓」，或是「皓皓」，但是紀奶奶的「皓皓」會變成「豪皓啊！」現在想起來，那個有味道的聲音真很令我懷念。她會給我們家「紅龜粿」或是「草阿粿」，有時候是「芋頭粿」，所以我們也可以常常嚐到「臺灣味」。在隔了一條街到公寓區的宿舍，住著一位來自上海「蔡奶奶」，她總是穿得很漂亮，會戴耳環、燙著頭髮，很有氣質，到現在想起來她的上海口音還可以在我的耳邊響起，他們家因為是公寓的一樓，所以有個小院子，院子裡種著一棵大大的無花果樹，那是我生平第一次吃到剛從樹上摘下來的新鮮無花果，當然，上海式的菜飯、臘肉跟粽子也是她會給我們的拿手好菜。

跟著奶奶上市場也是很有趣的事情。

在梧棲小鎮上的市場總是熱絡，當個小跟班拖著「菜籃車」，打著陽傘走到市場，因為天氣熱，奶奶手上總會拿著一把扇子與小方巾，這一路上我都是新奇跟期待，會先到「統一超商」去買些麵包跟些「新產品」，再到有著百年歷史的糕餅店「林異香齋」買幾個沙其瑪，也會經過一個非常傳統的雜貨店，奶奶管這裡叫「橋頭小店」，裡面有雞蛋、米、各式的醬料和南北雜貨，店門口有一些板凳跟長椅，就像是個「買菜中途休息站」，所有的婆婆媽媽們會坐在這裡休息聊天，情報交換。

到了傳統市場裡，一攤攤的商販吆喝聲此起彼落，這時候我身旁這位廣東來的大戶小姐，會把聲道切換為「臺語模式」，感覺她跟每一攤都很熟，所有人大老遠就叫她「魏媽媽！來喔！」，我也很配合的跟每攤的老闆、老闆娘打招呼，有時候會從各攤老闆那換來一些小獎勵，例如蒸菱角或是煮花生之類的小東西。大概是因為離港口很近，養了一張從小對吃海鮮就挑剔的嘴，也因為幾乎每餐都要吃魚的爺爺，最後一站都會是魚攤，我腦中的畫面都是一堆堆的新鮮漁獲、活蝦跟蛤蜊，整齊的排在檯面上，你只要一點，他們就能立刻手腳俐落的幫你處理完，這魚攤的老闆娘講話很急、很快也很大聲，個子不高，所以大家都叫她「小辣椒」。

應該是廣東人的飲食文化，我記得每一餐一定會有煲湯。

那湯裡一點都不馬虎，過了二、三十年，我到現在味蕾還可以感受到哪個味道，我最常喝到的應該算是「排骨系列」了，有蘿蔔的、有金針的，裡面有的有香菇、紅棗、枸杞等等，總是很濃郁而且有層次，回想起來，奶奶的爐子上總是開著小火，發出微微的「咕嚕咕嚕」聲音，無論是在煲湯還是在滷牛肉，熬煮起來都需要花好幾個小時，她總是惦記著爐裡的那一鍋，過年的時候照例會有滷牛腱、滷牛肚，搭配著斜刀切出來的蒜苗擺盤，我愛死滷牛肚了，對我來說，那就像是整桌菜裡的「主打歌」一樣，有一陣子她很愛做「珍珠丸子」，新鮮的絞肉調味之後裹上糯米飯，放在鍋裡蒸，我也很喜歡！

爺爺愛吃麵點，所以他也自己擀麵皮包餃子、包包子、烙蔥油餅跟韭菜盒子，長大後我依舊很愛吃韭菜盒子，但卻很少看到外頭賣的韭菜盒子跟奶奶做的是一樣的，因為她的韭菜盒子很費工，收邊都要加花，有點像是細細的麻花的那種形狀，看起來非常精緻。

一個複合式的，我

我想，跟許多長輩一樣，爺爺上了年紀後總有些慢性病，一段時間得往返臺中的榮總回診與拿藥，只要帶著我，除了看完病一定要去遠東百貨的「港式飲茶」吃一頓好吃的之外，每當車子開在中港路經過東海大學的時候，爺爺總會笑笑的說：「你可以轉回來念東海附小。」」，那時小小的我覺得他很重視學業這件事，很堅持從小要給我訂《國語日報》看，印象裡他也跟我說過希望我未來可以出國念書。

他說的，我都做到了，巧的是，我從紐約回來後的第一個工作，就是在東海大學音樂系教了兩門課。

成長的過程裡，其實我常在兩個「系統」裡轉換，一種是爺爺奶奶帶來的大時代裡的大器、風骨與一點優雅；另一種則是來自母親家族裡的務實、認分。母親的家族是基隆人，由於外公從事漁業工作，家族就住在靠基隆港的「安瀾橋」一帶，外公過世的早，我出生後就沒有見過外公，外婆接受的是日本教育，國語講的不是太好，卻講了一口流利的日文，非常喜歡日本的食物或是日用品，晚年她與我跟母親一起住，我常常在家裡收到從日本寄來的信件或是包裹，上面寫著「王李秀燕　樣」，裡面總有些厲害的東西，記得有幾次我也接過從日本打來找她的越洋電話。

隔著一個臺灣海峽，時代造就了完全不同的成長經驗。

奶奶對日本人有著許多不悅與恐懼的回憶，但外婆卻是個百分百的「哈日族」。

外婆有五個小孩，我母親排行第四，是最小的女孩子，下面還有個小舅，聽阿姨們說，因為她是最小女生，外婆從小就送她去學舞，到現在七十多歲了，她還是每週在社區的舞蹈社團裡教舞。母親在基隆郵局工作了三十年，她是個奉公守法的公務員，在窗口的第一線辦裡存提匯款等業務，看似單純的工作卻承受了不小的壓力，因為每筆的金額若有差錯，可是得自己負擔缺失的。印象中我常看她與同事在下班結帳時如果有金額對不起來，就必須一筆筆重新核對，常常耽誤了不少下班時間。

在這樣日復一日的上下班三十年之後，母親卻把她的退休金給了我，讓我到紐約去追求我的音樂夢，我猜，她還是她心裡那個愛跳舞的小女孩。

記得小時候，我在學校裡被人家叫過幾次「芋仔番薯」，那時候心裡感覺不太是滋味，因為在兩個家族裡游移著，跟著奶奶到處在宿舍裡串門子，我也可以略聽得懂一些方言，回到了基隆，除了外婆，全部母親的家族裡的阿姨們也都是臺語溝通，所以臺語自然也講的算「輪轉」，長大之後漸漸發現跟我類似成長背景的人還不少。

從紫丁香唱到夜來香

在臺中港務局宿舍的日子裡，爺爺奶奶總會在午餐後小憩片刻，我也會躺在紗窗旁的藤椅上休息，港區風大，窗外院子裡被風吹著搖曳窸窣的樹葉聲，加上細細卻綿密的鳥鳴，是我腦海裡難忘的聲音。有一個午後，愛唱歌的奶奶在我耳邊哼起了：「紫丁香呀，它是朵什麼樣的花呀！什麼樣的花，它是朵什麼樣的花呀！」她說：「晧啊，這可是我最喜歡的歌之一！」當然，〈夜來香〉、〈採紅菱〉這些經典我也沒少聽過，這個「午休時間」有時候就變成了我們祖孫倆的「音樂課」，小時候算愛現的我，常跳到「築港小公園」的石頭桌子上開演唱會，讓鄰居的爺爺奶奶們笑一笑。

我猜因為如此，我從小就喜歡音樂，也參加過許多歌唱比賽，雖然後來選擇吹小號，但相信那些沉澱在我心裡的感受與感動，也不自覺地透過了音符，從我的小號聲中悄悄流出。直到前年，在準備錄製我的創作演奏專輯時，重新思考了這些在我身上永恆的回憶，希望能透過錄音傳遞些什麼，於是，我在專輯裡寫了一首曲子給奶奶，輕輕地，慢慢地，就用了她美麗的名字「蔓琪」當作曲名，在錄音時，彷彿可以感覺到她就在我身邊看著我，無疑的，這是我在這張作品裡最喜歡的一首曲子。

不管我們現在用什麼方式活著，世界如何的改變，生命裡依舊承載著記憶與傳承，就像是演奏爵士樂一樣，在那看似自由自在的即興裡，其實不就是無法隱藏的表達了我們的全部？無論是好的、壞的，或者是心中深深掛念的。

我依舊懷念那個在院子裡奔跑的我，還有疼愛我的爺爺奶奶，跟那隻大狼狗。

本文作者

魏廣晧，紐約市立大學爵士小號演奏碩士，現為國立東華大學音樂學系副教授兼系主任、藝術中心主任、國家兩廳院夏日爵士節慶樂團製作人與節目評議委員。熱愛音樂、運動與演出策展，致力於爵士音樂演奏與教育推廣。

如今，我在風裡……

朱嘉雯

「拔管吧，他的靈魂早已不在這裡了。」父親臨終時，男護士對我們說。

＊

我的靈魂也與身體不到一塊兒了，好像是跌落在半雲半霧裡，腳踩不到地，頭上也沒有了天。爸爸，你在哪裡？

＊

「妳們不要用這種眼光看著我，我告訴妳們，我可不是小三哦！」母親在看護照顧父親臥床的期間，總是這樣俏皮地對護士們自我解嘲。

「知道！我們知道。妳那麼年輕，應該是小四吧！」一群人在病房裡，經常這樣嘻嘻笑笑地工作著，

我的父親西裝照。

測量血壓、心跳、檢查點滴、幫病人翻身、抽痰……，忙碌得很！然而病床上我的父親，早已沒有了知覺。他是民國三十八年九月底從安徽安慶中學一路迢迢奔往南京，然而時局板蕩，南京亦待不得，又轉上海，最終流亡到臺灣。來到臺灣兩個月之後，我母親出生。

＊

我從小就很喜歡文史類的書籍，但凡詩詞文賦、古典小說，我是念了又念，還打從心底讚嘆不已。又很愛寫寫東西，在課堂上也一直都受到國文老師的青睞。後來順理進入了中文系。在中文系上課的第一天，導師對我們說：「我雖然研究小說，但是我不能寫出好小說，因為我的生活太平順了！完全沒有歷經過任何艱辛坎坷。」她說話的神情，看起來頗有點得意，但語氣上卻又明顯透露出一絲絲感嘆與遺憾。「我小時候讀的是龍安國小，後來念到北一女中、臺灣大學中文系，畢業以後隨即出國留學，回國後又順利坐在了教職上……所以，我注定寫不了好小說。」小說與人生的緊密關係，自是不言而喻，然而她陡然間卻將話鋒一轉：「噢，只有一次，唯一的一次，我遇到了驚悚的事。」

她說小學一年級第一天到學校上課的路上，經過瑠公圳的時候，赫然發現一具女屍！她很機警，立刻跑著去報案！我常想著：真難為她那時年紀那麼小，竟能夠如此鎮定而且富有行動力。多令人佩服啊！

許多年後，我已經大學畢業了，又不知從何時起，習慣了在晚餐桌上陪爸爸喝兩杯，聽他說說往事。有一回，他說：「四十年前，我在公館那一帶的營區當連長……。」我腦海裡立刻浮現出臺灣大學校門口新生南路上車輛行人熙來攘往的景象。「有一天，有人來報告，說是在瑠公圳發現了無名女屍！」我睜大眼睛，直勾勾地盯著他。「後來呢？」「我立刻帶兵封鎖了那一區，並且警告士兵們：哪一個敢走漏消息，立刻槍斃！」他雖然沒有伸出手比劃著手槍的姿勢，但是「槍斃」兩個字，從他的口中說出，向來就像是子彈衝進腦門兒一般，很具有殺傷力。

「後來呢？」畢竟這個故事，當年在小說學的課堂上，只能算是起了個頭，我壓根兒就不知道後續的情形。「後來呀，我們很快就查出這是一樁外省士兵姦殺本省婦女的案子。一抓到人，當天晚上就槍斃了。」他豪爽地乾掉了半杯高粱。

「你知道報案的人是誰嗎？」「不知道。」他想都沒有想就直接搖搖頭。「我知道。」心中浮現出老師說話的神情，然後我也輕輕啜了一口酒，故事終於有了結局。

我經常在這樣的時刻，感覺到有一陣神祕的風吹過臉龐，那是從四十多年前，甚至於更久遠以前，那個我不曾參與的年代吹來的風，它曾輕撫著父親年輕的歲月，也吹開了我的老師童年記憶裡最傳奇的扉頁。

而如今，我在風裡……

在我東飄西盪的生命舵盤上，有時候，風把我往東吹，我就埋首整理了《白蛇傳》、《西廂記》、《牡丹亭》、《紅樓夢》……等相關文獻，來闡述它們的創作背景；但有時候風又陡然地把我往西吹，我也為了支援學校提倡經典閱讀而投入《浮士德》、《傲慢與偏見》和《安娜‧卡列尼娜》的備課。可是一旦風將我吹進了它的核心深處時，我既無從迴避，便只能夠放下他人的作品，細細地端詳著自己生命的起源和它不多的歷史，我會將平生的所有疑問和想法都淘澄出來審視、清理，再將一切惶惶然的情緒，小心翼翼地，暫時安放回去。

*

快過年了，母親正在準備年菜，她的珍珠丸子、滷牛腱都是一絕，還經常當作年禮送人。事實上，我們都依賴著母親，才能感受到四時八節的生活氣息。例如：每到端午，她用生米綁出一串又一串的粽子，然後拎起來放進滾水裡煮，煮出了米香、葉香和節日的氣氛；若是過大年，她也會擀麵皮包餃子，上百個餃子好像玩具士兵齊齊整整排列著，麵皮上的每一道細褶又如同款式一致的舞裙，教人捨不得將它們下鍋烹煮。

「你們小時候過年在家裡吃什麼？」我聞著廚房飄來的熱香氣息，轉頭問爸爸。這時候，他多半正忙著準備祭祖。「糍粑。」「好吃嗎？」「好懷念啊！」可惜我那時還不懂得懷念的滋味。等我真正吃到糍粑的時候，我最懷念的是我爸爸。

爸爸說：「我們那時候家家戶戶過年期間都會打糍粑，來慶祝新年的到來。」我想像著在他的老家，爸爸媽媽帶著小孩子們，一臉喜氣，對著石臼裡的糯米飯，使勁兒地舂打，然後在白白胖胖的糯米糰上撒滿炒香的芝麻和砂糖，終於一口咬進了幸福的年味兒。「還有呢？」「呃……把屋簷上垂下來的小冰柱，拽下來吃！」「嘎！能吃嗎？」「唉，今天想起來是很不衛生，可我們那時候年紀很小，都很愛這麼吃！」這時他的話匣子打開了。「還有，你大伯啊……」安徽腔「伯」發音接近「杯」「他怎麼啦？」「他愛數錢……」「數」的安徽口音接近「鎖」，還要加一點入聲的味道。「尤其是在過年的時候，他早上就躲在房裡數數數，晚上又早早地回到房裡數數數。」我直聽成了：鎖鎖鎖鎖鎖……。心想這位大杯真有趣！不過大約數完了還真是要鎖的。

我的父親戎裝照。

「你大姑姑和大姑丈是學校老師，他們

沒有孩子，另外住在老家附近的一間屋子裡……。」多年後，我去看了那間屋子。人去樓空的荒涼，讓我簡直不敢相信那裡曾經是一間有人煙的屋子。「你爺爺呢，留著一把好長好漂亮的鬍子！他就是在除夕夜出生的。來！我們敬拜老爺爺一杯。」於是在我們家，除夕夜圍爐，還需加上遙奠故鄉老爺爺的儀式，才算是真正的團圓。

「可憐後來在文革期間，老爺爺被調去河堤上修大壩，做苦工。當時有人說，地主從前吃太多了，現在不需要再給他吃的。於是老爺爺就活活地餓死了！」爸爸每次說到「餓死」這兩個字的時候，眼瞳就不經意地睜大！彷彿他正親眼看見了自己的父親死時的慘狀。我也老想著這樣的畫面，就差沒有見過老爺爺，所以那印象還是遙遠而且朦朧的。但也許是從小在左鄰右舍、前後同學之間，聽過太多類似的故事，所以我對這樣的情節，總是感覺有些漠然。

爸爸繼續說：「他雖然死了，橫屍郊野，卻沒有一個人敢去收屍，因為他是黑五類。後來是妳二姑姑隻身前去，把爺爺扛回家的。」好個徽州娘子！後來我也見到她了，那時的二姑姑已經是九十多歲的老人，突突的顴骨、紅潤的面頰，並且個子也不魁梧。怎麼能有這樣的膂力？！是絕望中拚出來決心吧。

「奶奶呢？你怎麼沒提到奶奶呀？」父親最不願說的就是：「你奶奶因為我流亡到臺灣，知道今生再也不能相見，因此日夜悲啼，最後哭瞎了雙眼……。」我又一次被那陣風捲進了無可迴避的生命核心，我想問他：為什麼你讓母親這樣傷心？為什麼你拋開父母兄姊選擇了出走？我多麼不希望老人家難過，但是如果你不來臺灣，又怎麼會有我？

我終究什麼話都沒有說，怕他傷心。

於是一次又一次，我被未曾謀面的家人們「鎖鎖鎖」，鎖在風裡。

＊

風最強的時候，是我在準備寫作博士論文的那段期間，我陷入了徬徨的處境。當所有的文學課題都不能填補我心裡的一個空洞時，我想起了幼稚園階段，每天都發生的分離焦慮症。那自然是每個小朋友都會出現的症狀，導致天天早晨幼稚園門口總能讓人看見孩童們哭哭鬧鬧，而有些老師會從父母身旁哄騙拉扯孩子的情景。但是我母親從來不知道我也有這種不能負荷的痛楚。因為我總是忍著沒有讓她看出來。和別的小朋友不一樣的是，這種與雙親分離時的痛苦，一直持續到大學時代。那時我負笈中壢，每週父親送我到火車站，我總是拖到最後一刻，才願通過剪票口，然後一步三回頭，淚水在眼眶裡打轉，每當那樣的時刻，我覺得他也是同樣傷感地遙看著我……。

「離散文學」這個主題也許可以填補我在情感上的空洞，它呈現出人被迫與親人、土地割捨的強烈思念與牽絆。若將這個主題放在一九四九年國府遷臺的情境下，就能回顧當時從大陸撤離的那些人是如何披著一身國破家亡的傷痛，飄零到這陌生的海島上，抱著對家人無盡的思念，重新開始一段對未來茫然無措的生活。父親常說：安徽處於內陸，看不到海，所以當他要渡海到臺灣的時候，曾經拿了一個小瓶子來裝海水，為的是日後回家，要讓母親看看：「這就是海！」只是當他說這話的時候，已是耄耋之年，而他所日夜思念的母親，又在哪裡？

也許應該讓那陣風帶著我走。我以自己內心忍受分離焦慮的小痛，來體會父親曾經歷經的那個時代所造成的大痛。於是我疏理了許多臺灣作家的離散書寫，作為博士論文的課題。從此諸多沈重的影像，根植於腦海，揮之不去。這些遷臺遊子輾轉奔逃如飄蓬，終身等不到河晏海清，生歸田園的希望註定落空，到頭來，他們最大的困境並非生離死別，而是身分界定上的尷尬，以及對於土地的疏離。其實在漂泊的歲月裡，人多少都能夠隨遇而安，但是在心情上卻始終懷有一顆高度警覺而又脆弱的心，於是在生活中便處處顯得情緒不安，如同驚弓之鳥。

小時候，無論學校辦理遠足或戶外教學，老師帶我們到哪裡，爸爸一定就會出現在那裡。有時我們才剛到景點，大家正在排隊，準備一齊向前走，爸爸就出現在隊伍旁邊，一身軍服卻很慈祥地看著我。但也只是看一看，不久就離開。中學時，參加宿營，儘管有老師領隊帶著我們，而且只在外頭待一晚，他也會來營地探視。在同學面前，我並不怎麼尷尬，也不覺得需要解釋。媽媽說：「爸爸很膽小，因為他缺乏安全感。」我過去老想不通，一個曾經隻身徒步流亡千里，在戰場上躲過槍林彈雨的人，為何到了暮年處處擔驚受怕、疑神疑鬼？尤其害怕讓孩子單獨出遠門？而一九四九年那段為了逃命的長途遷徙，又給他留下了怎樣難以抹滅的印記？關於這個話題，其實也是他自己說起的。

我們自小就知道爸爸的學習，啟蒙於私塾。而且他也曾經用私塾的教法帶著我們讀過一些書。父親家鄉舒城的南邊鄰近桐城，因此他小時候就在清代桐城派古文家方苞的家裡讀書，由方苞的孫子親自授業。讀過私塾的人，背誦古文的能力是很驚人的。主要是背書速度非常快！而且無論年紀多大，許多文言文的篇章還都能夠倒背如流。據他自己說，當年每天上學都是乘坐轎子去的。只不過這樣養尊處優的生活，大約在接近二十歲的時候，便告結束了。

那年一九四九，他要在開學前趕赴安慶，進入新式學校。這是一條往南走偏東的路線。今天在網路上我看到從舒城到安慶，走高速公路，開車需要近三個小時。如果是步行，則需要走二十七個小時。而當年他是走路去的，這就是他為了從古老的國學教育轉而接觸新式西學，所必須付出的努力。「學什麼呢？」「俄文。」他說。我想起小時候，常聽他說話中間帶著一點俄文。

一九四九年初秋，他在上學的途中經過山區，悠然地踩著紛紛飄落的黃葉，靜謐的空氣極適合幻想，他想像著入學後一切的情境，如夢似幻……。突然之間，他的感官起了莫名的震動！他感覺到四周有許多黑影正急速地逼近，於是下意識地警覺起來，不知正在向他逼近的是人？

我的母親婚前。

還是獸？他感覺周圍有太多無法辨識的聲響，讓他不知該如何防範。當猛烈的狙擊突如其來時，他終究還是措手不及，挨了一頓亂棍毒打，然後被雙手反綁，強拖硬拽而去。

我第一次聽他說起上學途中，在山裡遇見土匪的往事時，心裡著實吃驚不小！可是腦子裡所能勾勒出的畫面，僅有《水滸傳》眾好漢衝州撞府、打家劫舍的情節。後來在安徽旅遊的途中，導遊為了解釋這貧窮省分的特殊歷史背景時，曾經問團員們：「在座有沒有人聽過方臘這個名字？」我向他點點頭。這是北宋宣和年間著名的安徽土匪，《資治通鑑》記載：「凡破六州、五十二縣，戕平民二百萬。所掠婦女，自賊洞逃出，裸而縊於林中者，相望百餘里。」所以安徽的土匪著實可怕！被他們抓到以後，還能從賊洞裡逃出來的人，都屬九死一生。

爸爸被捆綁起來，丟進了賊洞。在黑天摸地的山洞裡，他掙扎著挪動自己的身子，窸窣摩擦的聲響，卻引來周遭起伏不定的驚恐與喘息聲。他在黑暗中，視線逐漸清晰，眼前出現了無數閃爍的亮光，那是眾多俘囚無助的眼神。這個時候，爸爸心裡唯一的念頭就是：「快要開學了！不能遲到啊！我要去上學。」也就在這個時候，他分明看得清，離他最近的那個土匪，這個荷槍執棍、凶神惡煞的人，竟是他的同學！

「啊！」爸爸衝口要喊出他的名字，卻被此人踹了一腳，示意要他安靜保密。爸爸當時心裡有多少疑問，此刻我心裡就有多少困惑。一九四九，是個怎樣的年代？讀書人也落草……。

這個一心一意要上學的青年，在黑暗的賊洞裡不知待了多久，像是被噩夢無限期地魘住了，無論如何掙扎，都醒不過來。在長久失去了時間意識的狀態底下，他終於等到了一個契機。土匪頭子要把這一批俘虜都遷出山洞，但也許就是要將他們拉出去一一殺害！這群土匪像趕著牲口似的趕著所有的俘虜。一路上喊打叫罵之聲不絕，爸爸跟在人群中，艱辛地移動著。而他的那位同學卻是瞻之在前，忽焉在後，偶爾若不經意地走到爸爸的身旁，似有深意地看他一眼。當他們通過一處狹窄的山徑時，狹路的兩旁，一邊是高聳的崖壁，另一邊就是急速下滑的邊坡。此時這位同學突然以自己的身子猛烈地撞擊爸爸。爸爸一失足，便雙手被反綁著滾下了山崖。他不停地、不停地滾落，永無止境地下墜，天旋地轉，不知道滾了多少時候，終於被一塊大石頭給擋了下來。

在我所有的印象中，爸爸從來沒有邋遢過，年輕時，總是一身筆挺的草綠軍裝，爾後的襯衫、夾克、西裝褲，也總是清潔整齊，他絕對不會隨便穿著拖鞋就出門。一直到老，永遠是那麼挺拔英俊，從頭到腳，面面俱到。然而當他說起那年雙手被反綁著墜落山崖的往事時，雖未提到自己身上的傷，卻清晰記得那時一身的衣服全破光了！

他掙扎了好久，才將繩索解開，然而此時，天已黑，他看不見路，只好靠著大石頭休息一晚，等待黎明到來，他希望天快亮，因為，他要去上學。那個夜晚，秋季的星空，沒有任何顯亮的星子，只有一顆孤星在閃爍，像是要給這名上學途中的青年一點聊勝於無的安慰。在這個無眠的夜裡，他還沒有開始想家，可是他又怎麼能夠想像，就在這一年的年底，他將會隨波逐流，到達遙遠的海峽彼岸，從此與父母兄姊永隔。

有件事情，我母親埋怨了一輩子。爸爸曾經有機會調到小金門去升官，但是他拒絕了，從此失去了晉升將軍的機會。只因為那一年，我剛出生。這件事情，直到前幾年，我還聽人提起。小時候，我經常聽媽媽說得忿忿不平，可是爸爸卻從不張口辯解，而我愈長大愈明白：我們就是他的牽絆，他違抗命令的那一年，媽媽和我已經是他的家，從一九四九年秋天那個不眠的夜晚起，他失去了一個家。而今怎麼能再失去一個？

民國六十年父母結婚照。

在那個大石頭上等待黎明的夜晚，這名上學途中的青年想著什麼？我已無從得知。但我知道他一定在憧憬著什麼，因為曙光乍現的那一刻，他已完全準備好，要出發去學校了。突然就在這個時候，山坡上天搖地動起來！安徽也有地震，但這次不是。轟隆隆的巨響，由遠而近。山頂上一片風塵滾滾衝殺而來！定睛看，竟是一群狂奔的山豬正俯衝下山！

「多少？」我問，睜大了眼睛。「至少一百頭。」這批瘋狂的山豬正朝著父親猛奔而來。他趕緊躲在大石頭後面，拚命壓低了身體，然而身體卻告訴他，無數巨大的猛獸就在他的前後左右，只要有一隻野獸踩著了他，他的上學路途即告終止。

大批的野山豬從頭頂上奔馳而過，他沒有信仰，只能憑藉著意志力，勇敢地撐住自己。漫長且驚慌的時間過去了，當他終於又重新站起來的時候，已有恍如隔世之慨。他甩甩滿身的塵土，認清方向，趕赴學校。

「唉！」我分明記得當他說到自己好不容易進入學校時，卻重重地嘆了一口氣。是該為自己心酸啊！老師見到他，全身破破爛爛，髒汙不堪！認定他是在外逃學遊蕩的惡劣分子，當場重重地打了他一個耳光，破口罵道：「你怎麼不學好！開學日已經過了好幾天了才來報到！你這個逃課的壞學生！」

我記得我生平第一次被誤會，是在小學二年級的時候。那時因為不會寫「壞」這個字，練習了很多遍，也還是寫錯。結果老師以紅筆在我的簿子上寫了一個大大的「壞」。簿子拿回家，嚇得爸爸媽媽驚慌失措，憂心忡忡！第二天誠惶誠恐地到學校請問老師，我是個怎樣的壞學生？

安慶中學的老師啊！我爸爸只是個歷經險巇才來到學校，卻又含冤莫辯的學生。他比我更不懂得「壞」字怎麼寫。

然而緊接著，爸爸卻連「學生」都做不成了。因為這時候的學校已漸漸形同空城。「打仗囉！學生都跑光了！你怎麼什麼都不知道啊？還跑來學校⋯⋯。」校工告訴他，並且交給他掃把，好心收留他，讓他待在學校裡。

夜裡，父親睡在空無一人的學生大宿舍裡，只有滿床的跳蚤陪伴。又是一個無眠的夜，可是那一晚真比不上山豬將至的夜晚，因為那時活著是有希望的。而此時此刻他只茫然地想著四個字：「何去何從。」往回走，山裡有比猛獸更凶殘的土匪。亂世行路難。不得已，只能向前行，走到外面的世界去，再想辦法。

一九四九年的青年啊！飄泊的蒲公英

爸爸說，他想起南京有個表哥。於是他在學校待了一個禮拜之後，便動身出發去南京了。我每回到南京，總要約個人見面，他是我大「杯」的孫子。我得拿出做姑姑的款兒來，先塞給他一個紅包，勉勵他好好兒工作，放假別忘了回老家，代我向大哥哥、嫂子問好。再叮囑他：臺灣的爺爺奶奶也惦著他，要常來信啊！如今大姪兒已經討媳婦兒，還生了兩個寶寶，我是個姑奶奶了，看著他們儼然在南京安居落戶，這世代總算不再是漂泊的浮萍，因為還有根留在安徽。

父親在一九四九年底，來到南京，也找到了表哥。但是表哥告訴他：「現在世道很亂！政府已經不保。我們自己想保命，只能從軍。去上海。」父親於是奔上海，即刻入伍。

「齊步走，向右轉，向左轉……。這就是每天的生活。」爸爸說這話時，顯得無奈又憤懣。那時候，部隊裡的班長動不動就打人！街上的市民也不馴良，遇見人問路，就指反方向。一旦與敵軍短兵相接，子彈便從四面八方橫衝直撞過來，爸爸站著看傻了！身旁的同袍氣憤而且使勁兒把他扯下來：「趴下！不要命了！」

戰爭且戰且敗，且敗且走，終於到了逃難的時刻……。

我從小就見到幾位叔叔伯伯是家裡的常客，他們來吃飯、喝酒、打麻將，我媽媽做了一桌子的菜，再回頭和他們敘話，連同他們的妻子兒女，大家親切的就像一家人。有一回我的幾位大學同學來家裡借書，其中有一位學長剛從金門當兵回來，他看到爸爸和叔伯們正在打麻將，於是他上前問候，其中一位伯伯一面翻牌，一面問道：「現在金防部的司令是誰呀？」學長說出一個名字。這幾位叔伯當場從鼻子裡哼出氣來：「是那個小子！」

媽媽說：「爸爸當年在逃難的時候，因為火車實在太擁擠！他便從窗子爬進去，再回頭把他們幾個一一拉上車。後來這幾個人便緊緊跟著父親又上了船，一起來到臺灣。爸爸年紀最長，又很照顧他們，所以他們幾位連同家人，都趕著父親叫：『老大』。」

老大，這個原本不可能出現在他生命中的詞，竟然跟了他一輩子！因為他是爺爺奶奶年事已高才生下的一個小兒子。爸爸和他的兄姊們年齡差距有一大截，因此他原本是一個頂小的么兒，卻在乘風破浪來到臺灣之後，成了叔叔伯伯們口中的「老大」。命運這東西就是如此，你永遠不知道它會把你帶到哪裡去……。

去年夏日某個明亮的早晨，媽媽興致勃勃地對我說：「我夢見你爸爸了！他距離我好近好近！我一把就抱住了他！」我帶著極羨慕的眼光看著她，聽她描述夢裡的場景。她的記憶是那樣鮮活！彷彿真人重現眼前。而我卻只能淚眼汪汪的，幻想著她所描繪的景象，又抱著渴望的心情問道：「他看起來幾歲？穿著哪一件衣服？」媽媽細細地訴說，臉上洋溢著幸福的光輝……。

我暗自祈禱，希望有一天，當我不是那麼那麼想念爸爸的時候，他也會突然之間，走到我的夢裡來。

人
文。
034

愛的綿延
我的父親母親及家族故事

國家圖書館出版品預行編目(CIP)資料

愛的綿延：我的父親母親及家族故事 / 趙涵㨗，朱景鵬，馬遠榮，查重傳，徐輝明，孟培傑，江華珮，林信鋒，廖慶華，陳復，嚴愛群，張蘭石，朱嘉雯，黃琡雅，魏廣晧作．-- 初版．-- 臺北市：聯合文學出版社股份有限公司，2023.09
280 面；14.8x21 公分．--（人文；34）

ISBN 978-986-323-563-7（平裝）

863.55　　112015014

出版日期／2023 年 9 月　初版
定　　價／350 元

ISBN 978-986-323-563-7（平裝）
本書如有缺頁、破損、裝幀錯誤，請寄回調換

作　　者／趙涵㨗、朱景鵬、馬遠榮、查重傳、徐輝明、孟培傑、江華珮、林信鋒、廖慶華、陳復、嚴愛群、張蘭石、朱嘉雯、黃琡雅、魏廣晧
總 策 畫／朱嘉雯
發 行 人／張寶琴

總 編 輯／周昭翡
主　　編／蕭仁豪
編　　輯／林劭璜　王譽潤
資深美編／戴榮芝
業務部總經理／李文吉
發行助理／林昇儒
財 務 部／趙玉瑩　韋秀英
人事行政組／李懷瑩
版權管理／蕭仁豪

法律顧問／理律法律事務所 陳長文律師、蔣大中律師
出 版 者／聯合文學出版社股份有限公司
地　　址／110 臺北市基隆路一段 178 號 10 樓
電　　話／(02) 2766-6759 轉 5107
傳　　真／(02) 2756-7914
郵撥帳號／17623526 聯合文學出版社股份有限公司
登 記 證／行政院新聞局局版臺業字第 6109 號
網　　址／http://unitas.udngroup.com.tw
E－mail：unitas@udngroup.com.tw
印 刷 廠／約書亞創藝有限公司
總 經 銷／聯合發行股份有限公司
地　　址／234 新北市新店區寶橋路 235 巷 6 弄 6 號 2 樓
電　　話／(02) 29178022